老

瀬戸内寂聴著

新 潮 社 版

11564

目次

はじめに

第一章　老いに挑戦

第二章　病に負けない

第三章　長生きしよう

イラスト　大田垣晴子

老いも病も受け入れよう

はじめに

人間が生まれてくるのは、必ず死ぬためです。

現在、日本は世界一の長寿国になっています。百歳以上の人は六万人を越えているそうです。しかし、長寿の人が必ずしも健康体とは言えません。動けなくなり、下の始末も人まかせになり、認知症になっている人もたくさんいます。その介護に家族は泣かされています。

そうした逃れられない老いの行く手には、これもまた逃れられない、死が待ちうけています。

医療は目覚ましい進歩をとげ、たいていの病気を治す薬を発明し、手術も進化の一途をたどっています。

あらゆる宗教も、人間の老いと死を考えぬいた結果、生まれています。

それでも人間は、必ず襲い来る老いと死に脅え、恐れ、厭《いと》わないではいられません。

私は、二〇二一年五月十五日に満九十九歳になりました。数えではすでに一〇〇歳です。

これまでにさまざまな病気にかかっています。最近では、九十二歳で胆《たん》のうガンの手術もしています。

足腰は相当不自由になりましたが、まだ一人で歩けるし、毎月、締め切りのある小説を書き続け、コロナの前には、僧侶として法話も続けていました。

身の回りの肉親も友人も、次々に波にさらわれるように慌《あわ》ただしくあの世へ去っていきました。

今夜死んでも不思議ではない自分の、老いと死を見つめ、どのように最期《さいご》を迎えようかと考え続けています。

結論として、今のところ、「老いも病も死も、受け入れよう」という考えにたどりつきました。闘うことも、逃れる方法もあるかもしれません。でも、私のいま行きついた気持ちは、それが持って生まれた人間の運命なら、すべてをすんなり受け入れようというものです。そしてそれは思いの外に、心の休まる結果を招いています。

やがて必ず迎えられるあなたの老いと死の参考にしていただければ幸いと思います。

第一章　老いに挑戦

その1　老いを受け入れる

●はじめて老いを意識した

二〇一四年五月十五日に満九十二歳の誕生日を迎えた二週間後、背中と腰の激しい痛みに突然襲われました。腰椎《ようつい》の圧迫骨折でした。

痛みにうめきながら長い入院生活を送り、少しもよくならないまま退院ということになった直前、胆のうにガンがあることがわかり手術をしました。

この病気までは、自分で老いを感じたことはありませんでした。すたすたと速く歩けたし、よく食べたし、お酒も呑《の》んでいるし、頭はボケていないし。何より毎日たくさんの原稿を書いていましたから。

もちろん、体力が落ちたのは感じていました。昼寝なんてしたことなかったのに、原稿を書いているはずが気がついたら寝ていたり。宇野千代さんも九十歳すぎたら、昼間もほとんど寝ていたって聞きましたけど、私もいくらでも寝ようと思ったら眠れるようになってきました。

けれどもこの私が、病気で寝込むなんて思ってもいませんでした。

闘病中はたくさんの方が心配して電話を下さったのですが、私は声だけはいつも元気なので、みなさん「元気そうで安心しました」と言って下さるんです。でも本当はそうでもない。嵯峨野《さがの》の寂庵《じゃくあん》のスタッフには「声で損してますね」なんて笑われます。

それでも、今も一日に何回も「九十四歳」って口に出さないと、自分の年齢が信じられない。人に年を聞かれて、つい「七十四歳」なんて口にする。ひ孫のように若いスタッフはそのたび、「そういうのを天然ボケと言うんですよ」など平然と言います。

●診断は「老化現象」

圧迫骨折は治り、身体《からだ》の痛みも治まって来たはずなのに、二〇一五年の夏にまたあちこちが痛くなり、手足のしびれまで出てきました。診察を受けたのですが、「一種の老化現象」と言われました。

筋肉が凝り固まって動かなくなり、しびれが出ているということで、痛みを取る注射を通常の三倍もしてくれても痛みは取れません。血の巡りをよくするために動かしたり、マッサージをしたりするくらいしか、治療法はないそうです。痛み止めの飲み薬と塗り薬はもらっています。

このまま指の力がなくなってペンが握れなくなると、小説が書けなくなるのが何より困ります。昔はできたことができなくなっていくのは、まさしく老衰です。

九十四歳という現実を受け入れるしかありません。でも九十四歳で現役で小説を書いている人はいないんだからと、自分を慰めています。

昔はできたことが、できなくなる。
それがまさしく老いるということ。

その2　病院と仲良くしよう

●加齢性黄斑《おうはん》変性症に

八十歳の時に白内障の手術をして、イヤというほど見えるようになりました。その手術は痛くもかゆくもなく、三十分くらいで済みました。東京の病院だったので、ホテル代わりに入院して、部屋に帰り何気なく鏡を見たとたん、私は悲鳴をあげました。

「見て、見て！　鏡の中に八十の老婆《ろうば》がいる！」

廊下から飛んできた秘書は平然と、

「だって、八十の老婆ですもの」

あれはショックでしたね。見えていなかったものが、見えすぎでした。

そして八十五歳で加齢性黄斑変性症になって、手術したのに右目はまったく見えなくなってしまいました。

もっと早く医者にかかればよかったらしいのですが、多忙でなかなか行くことがかなわず、診てもらった時には既に手遅れでした。

でも心配することはありません。私は仕事柄、今もたくさんの本を朝から晩まで、左目だけで読みます。一年後に目の検査に行ったら、左目の視力は一・二だったのが、一・五に上がっていたんです。ホント！

今も新聞は眼鏡かけないで読めるんです。片方だけ使っているから、鍛えられて視力がよくなったんでしょうか、医者もびっくりしていました。でもこの目が見えなくなったら、もう仕事はできないし、本が読めなくなったら、生きていられない。いつまでも読書をしたいです。

この目の病気は昔は日本ではあまりなかったらしいですが、高齢化と生活の変化のせいで増えているそうです。これも老化の一現象ですね。

耳が遠くなりだしたのは、七十歳前からでしょうか。目よりも早かったです。私自身はそのことで不自由していませんが、周りが不自由しています。外国製の高価な補聴器を持っていますが、そそっかしくて私がしょっちゅうなくすので、買い直すたび、スタッフに怒られています。

こうして着々と老化は押し寄せているのです。恐れずにまず病院と仲良くしましょう。

老化は着々と押し寄せてくる。
異変を感じたら即、病院へ。

その3　老いてもきれいに

●風呂《ふろ》で身体をほぐす

毎朝、起きぬけに風呂に入ります。身体がこわばっていて、起きるのもいやな時もありますが、朝風呂に入ると気持ちよくホッとして、身体が軽くなります。前はお風呂用のお酒を入れていたこともありました。いただいたお花がたくさんある時は、バラ風呂にして入ったこともありますよ。尼さんがバラ風呂に入っている図を想像してください（笑）。

身体の痛い時はほんとうに大変で、風呂から出る時に悶絶《もんぜつ》して、洗面所で裸のまま動けず、うずくまって泣いたこともあります。

今も足腰が痛くて眠れない時は、夜中でも風呂に入って温めます。

顔を洗ったら化粧水をつけて、顔を手のひらで何回も叩《たた》きます。年の数だけ叩くのがいいらしいけど、さすがにそんなに叩けません。

里見弴《とん》先生は九十四歳で亡《な》くなられるまで、それは美しい肌をしていらっしゃいました。先生から、顔を洗う時は冷たい水ですすいで顔を叩くとシワができにくいと教えてもらって、ずっと続けている習慣です。隣の家に叩く音が聞こえるくらい、痛いくらい叩くのが良いと言われました。

そのあとはクリームだけ。これ一つ塗れば大丈夫、というクリームを新聞の広告で見つけて通販で買いました。

仕事で人に会う時には、朝、パックをします。若いスタッフが顔のシートパックをたくさんくれたので、それを使っています。

出家前は黒髪を長く伸ばしていて、出家の時でも白髪は一、二本あったかしら、というくらいでした。

白髪が気になるなら染めればいいし、シミやシワがいやなら手術すれば良いんです。他人が何と言おうと、気にすることはありません。悪口言う人が税金払ってくれるわけでもない。自分の気持ちがよければいいのです。

●百年前から整形手術はあった

七十歳くらいの頃、レーザーでシミが取れるというので、東京の医者でやってもらったことがありますが、あとでかえって大きくなり、目立つようになったので二度としていません。

歯もずっと丈夫だったのですが、二〇一四年の入院中に前歯が欠けてしまって、退院後に治療しました。きれいになったとみんなにずいぶん褒められますから、歯が変わると印象がよくなるみたいですね。いつまでもよくかんで食事をするためにも、歯は大切です。

私が小説に書いた管野《かんの》須賀子と田村俊子は、百年も前の時代に二人とも整形手術をしていました。田村俊子は小説家で美人でしたが、より美人になるため隆鼻術をしています。でも当時は技術が下手なので冬になると鼻が紫色に変わっていたそうです。

管野須賀子は若い思想家たちのデモで捕らえられた時、お巡りが、「何だ！お前のような鼻ぺちゃのくせに！」と言ったので腹を立て、刑務所から出るとすぐ整形手術をしたそうです。百年も前の時代の女性の勇ましいこと！

こんな素敵な女の人たちがしていたなら、私も鼻を高くする手術をしようかと思ったこともありましたが、結局していません（笑）。

けれど、コンプレックスになるんだったら手術でもしたらいいんです。「私なんか」と自分で自分をおとしめるのは、とてもつまらないことです。

●九十歳になってもお化粧を

お化粧するのは出家前から好きでした。

出家したらお化粧はしない方がいいに決まっています。でもだんだん眉毛《まゆげ》がなくなってきたので自分で毎朝描いています。テレビに出たりする時は、メイクさんがきれいにお化粧してくれるから、別人のようになります。スタッフの若い子がパックやお化粧をしてくれた時は、そのまま原稿を書いています。

やっぱり鏡に映った自分の顔がきれいに見えると気分がいいですよ。

年をとったから身なりをかまわないというのは、自分を見限ることでしょう。私が子どもの頃と比べたら、今のおばあさんは本当にきれいで若い。いいことですよ。

八十歳になっても九十歳になっても、みんなちゃんとお化粧をして、おしゃれも死ぬまでしてくださいね。

身なりをかまわないのは、
自分で自分を見限ることです。
老いてもきれいに、おしゃれして。

その4　やせてはいけない

●七キロやせてシワだらけ

骨折とガンに見舞われた二〇一四年は自分の身体の老化を、しみじみ感じさせられました。寝たきりだったので、四ヶ月で七キロ位やせたんです。

五十一歳で出家して、比叡山横川行院《ひえいざんよかわぎょういん》で息子のような年齢の若者たちと二ヶ月の厳しい荒行に耐えたあとに、やはり七キロやせました。その時は中年太りの贅肉《ぜいにく》が全部取れて、非常にスッキリとやせました。身体にシワなんか一つもなかった。

それから前回、八十八歳で入院して病院から出てきた時、家の風呂の鏡に全身を映してもまだそれほど老いを感じなかった。ところが今度は家に帰って来て全身を見たら、もう見られたものではなく、つくづく、九十歳を過ぎたババアの身体だと暗澹《あんたん》としました。

スタッフに「たいへんだァ、私、おばあさんみたいにシワだらけになっちゃったよ」と言ったら、「だって、九十二歳のおばあさんですもの」とけろっと言われてしまいました。

それからいくら食べても、肌はもう元には戻らないです。たくさん食べればシワが伸びるかと思ったけど、全然ダメね。

今でもそうだから、死ぬ時も絶対に人には見せたくない。スタッフにもよく言ってある。「着替えさせたりしないでいいから、そのまま焼いて」って（笑）。

●ヌード写真を撮っておけばよかった

宇野千代さんが八十八歳の米寿のお祝いの会で、お風呂に入っている上半身ヌードの写真を撮らせて舞台の壁一面に映し出して、それは美しかったのを覚えています。ご自分で「ヴィーナスのようだ」なんて仰《おっしゃ》って、あの時は驚愕《きょうがく》させられたけれど、今考えると私もアラーキーにヌード写真を撮ってもらっておけばよかった（笑）。

でもスタッフ曰《いわ》く、「その写真、誰が見るんですか？」。

九十歳の時だったら、まだ宇野さんの真似《まね》ができたと思うけれど、さすがに今はダメ。もう水着も着られない。

七十歳くらいの時に横尾忠則さんとインドへ行って、とても美しい海岸があったので私は黒い水着を着て、頭は手ぬぐいでしばって海に入りました。そうしたら横尾さんが大騒ぎして、それをおもしろおかしくエッセイに書いたのを思い出します。水着を着たのはそれが最後でした。

お風呂
パック
うん!

その5 食事はしっかり、お酒は適量

●子どもの頃は偏食だった

生まれた時は産婆さんが、「この子は一年持たない」と言ったほどの虚弱体質でした。母親が不憫《ふびん》に思って、どうせ死ぬ子だからと、幼い私がいやがるものは何も食べさせなかった。野菜も肉も魚も嫌いで、煮豆しか食べませんでした。

小学校に上がってからも偏食で栄養失調で、滲出性《しんしゅつせい》体質になり、身体中に始終おできができていたんです。それはとてもコンプレックスでした。

東京女子大に在学中、お見合いで学者の人と婚約した時、健康にならなきゃと思って、大阪の断食《だんじき》道場に入ったんです。二十日間完全断食をして、さらに

二十日かけて元の食事に戻し、計四十日間道場にいました。断食して五日ほどすると、身体中の悪いものが表に出てきます。その後は何でも食べられるようになり、驚くほど身体が丈夫になりました。身体の細胞がすべて入れ替わったような感覚でしたから、あの時に一度生まれ変わったのかもしれません。

●なんでも食べる

今、食事は朝と夜の一日二食です。このあいだテレビで放映された私の闘病を取材したドキュメンタリー番組では、毎日お肉のご馳走《ちそう》を食べ、シャンパンを飲んでいるように映りましたが、実際には違います。そんなに食べたり飲んだりできるものですか。

それでも全国から春夏秋冬、各地の名産をご恵送いただくので、ずいぶん美味《おい》しい贅沢をさせていただいています。

おやつは毎日、午後いただきます。若いスタッフが美味しそうなお菓子を食べているのを見ると、私も食べたくなって、よく取り合いをしています（笑）。

彼女たちが時々、カタカナの名前のよくわからない不思議な料理を作ってくれることもありますが、「おいしい」と言わないと怒られるので（笑）、ちゃんと食べます。夜お酒を呑む時は、おかずだけでご飯は食べないことが多いです。

コーヒーを一日五杯くらい飲みます。前は黒ニンニクや冬虫夏草をとっていましたが、今は特にありません。薬もあれこれたくさん飲まなくちゃいけないですから。

入院中、病院食では食欲が出なくて、カレーやお肉などの食事を差し入れしてもらったりしたこともありました。私には糖尿病の持病があるのですが、二〇一四年の最初の入院の際にしっかり食事療法を守っていたため数値が良くなり、その後は食事に関しては厳しく言われず、食べたいものをわりと自由に食べることができたのです。

なによりも、元気を出すために好きなものを食べることが必要でした。

「カレーのトッピングは何にしますか？」と聞かれて、迷わず「とんかつ！」と答えたりして、スタッフに笑われました。

昔に比べたら食欲が減ったと言っても、私の食べっぷりを見た人が「どこが減ったんですか？」って聞いてくるくらいですけど、自分ではとても減ったと思うんですよ。もう九十四歳ですからね。

●酔っ払って階段から落ちた

お酒は一人ではほろ酔い程度ですね。やっぱり自分の造ったお酒「白道《びゃくどう》」が美味しくてそれを少しずつ。

天台宗の山田恵諦《えたい》お座主《ざす》さまも百歳近くまで長生きされましたが、健康の秘《ひ》訣《けつ》は「晩酌だ」と仰っておられました。

八十七歳の時、とても酔っ払って階段から落ちて顔を怪我《けが》したことがあります。気づいたら着物が血で染まっていて、私はこれほど喀血《かっけつ》したらもうダメだと、一瞬思ったところ、ただの鼻血だったのです。顔に青黒い大きなあざができて、翌日、戦争反対の講演があったので、白いファンデーションを濃く塗って隠しました。聴衆から、「今日の寂聴さん、白壁みたい！　どうしたのかしら」って言われました。あれはたいへんだった。

この頃はやっぱり酔いやすくなったので、気をつけています。一人の時は一合で十分です。でも年齢に似ない仕事を夢中でするので、お酒でも呑まないと身体の疲れがとれません。

要するに、自分の身体の欲求に耳を澄ますことですね。

元気を出すためには、
好きなものを食べて、
体力をつけることが必要です。

ある日の献立

一月○日
朝食　うなぎ茶漬け、卵焼き、天ぷら（前日夕食の残りもの）、舞茸《まいたけ》とエリンギのマリネ、黒豆、梅干し、らっきょう、ヨーグルト、コーヒー
おやつ　ぜんざい（餅《もち》一つ）、コーヒー
夕食　ハンバーグ（ウインナー、野菜添え）、空豆、野菜みそ汁

二月○日
朝食　すっぽん雑炊、数の子、イカ明太、昆布佃煮《つくだに》、かぶ酢漬け、黒豆、ヨーグルト
おやつ　ケーキ、コーヒー、みかん
夕食　薄切り焼き肉（キャベツ、ブロッコリー添え）、煮物（こんにゃく、昆布、しいたけ、ニシン）、スープ、空豆、黒豆、かぶ酢漬け

三月〇日
朝食　竹の子ご飯、わかめすまし汁、漬物、サンマの干物《ひもの》（半分）、昆布佃煮、梅干し、れんこん絞り汁、サツマイモ甘煮、ヨーグルト
おやつ　抹茶ケーキ、コーヒー
夕食　焼き肉、温野菜、サラダ、漬物、おつまみ盛り合わせ

四月〇日
朝食　フカヒレ雑炊、煮豆、じゃこ、梅干し、野菜ジュース
おやつ　バームクーヘン、コーヒー
夕食　ちらし鮨《ずし》、漬物、サラダ、すまし汁

五月〇日

朝食　豚味噌《みそ》漬け焼、卵焼き、煮豆、昆布、漬物、ご飯、ヨーグルト
おやつ　アイスクリーム、コーヒー
夕食　酢豚、ほうれんそうおひたし、ふき煮、煮豆、昆布

六月○日
朝食　絹さや卵とじ、アユ甘露煮、梅干し、らっきょう、昆布、ご飯
おやつ　デニッシュパン、コーヒー
夕食　餃子《ぎょうざ》、大根おでん、空豆、黒豆

七月○日
朝食　うこっけい卵かけご飯、いんげんごま和《あ》え、梅干し、昆布、らっきょう
おやつ　さくらんぼ、マンゴージュース、どらやき半分
夕食　うなぎ蒲焼《かばやき》、ニシン煮、もやしナムル、サラダ（トマト、チーズ、生ハ

ム、バジル)、煮豆、漬物

八月〇日
朝食　パン、ヨーグルト、ぶどう、コーヒー
おやつ　アイスクリーム
夕食　野菜炒《いた》め、金目鯛《きんめだい》の干物、かまぼこ、漬物、鯛飯

九月〇日
朝食　梅茶漬け、だし巻き卵、明太子、漬物、ヨーグルト
おやつ　スイカ
夕食　サンマ塩焼き、大根おろし、カニ酢、煮豆、じゃこ、ご飯

十月〇日

朝食　おにぎり二個、卵焼き、肉団子、煮豆、漬物
おやつ　野菜ジュース、プロポリス入りヨーグルト
夕食　ステーキ、枝豆、チーズ、漬物、れんこんきんぴら

十一月〇日
朝食　うこっけい卵、昆布、明太子、ご飯、ヨーグルト
おやつ　ワッフル、ココア、いちご
夕食　鰆《さわら》西京焼、りんごセロリサラダ、フカヒレスープ、明太子、ご飯

十二月〇日
朝食　すき焼き（前日夕食の残りもの）のおじや、漬物
おやつ　クッキー、チョコレート、コーヒー
夕食　チャーハン、スープ、餃子、大根サラダ

朝食
おやつ
夕食
いただきます
カンパイ！

その6 常識の非常識

●肉は頭脳の栄養

健康の基本は、何でも食べることだと思います。

年寄りは野菜や魚を食べていればいいと昔は言われていましたが、今は逆に年寄りほど肉を食べなさい、とも言われています。常識は変わるものです。

昔、親しくしていただいた荒畑寒村さんと里見弴さんが、「作家は牛肉を食べないと頭が悪くなる。少しでも良いから毎日食べるように」と教えてくれました。里見さんは九十四歳まで、荒畑さんは九十三歳までお元気で、亡くなるまで頭もボケませんでした。

お釈迦《しゃか》さまは肉を食べてはいけない、とは言っていないんです。「殺すなかれ」という戒律がありますが、それは肉を食べるために自分で殺してはいけないという意味で、信者たちにいただいたものは、弟子たちを連れてありがたくご馳走になっています。

お釈迦さまの死因は、鍛冶屋《かじや》のチュンダがご馳走してくれた肉が傷《いた》んでいて、おなかを壊して死に至った、という説があるくらいです。

日本に仏教が入って来たのは中国からですが、その時に肉を食べちゃいけないと精進料理になったんでしょうね。

私は元々そんなに肉を好きではなかったけれど、小説を書くようになったら、身体が必要とするようになったんです。

ものすごく偏食で野菜も肉も魚も食べなかったのに、九十四歳まで元気なんですから不思議ですね。

それから、断食をいつでもできるのが、私の健康の元かもしれません。

●常識にとらわれなくていい

結局、それぞれの人が、自分の身体が必要とする物を食べた方がいいのではないでしょうか。

年寄りは野菜、なんていう常識は疑っていい。その人の身体にふさわしい食べ方があるはずですから、欲する物を食べて気分よくいる方がいい。だからと言ってお酒を二日酔いするくらいまで呑むのは老人ボケです。

私にとって肉は頭脳の栄養です。
人それぞれ、自分の身体にふさわしい
食べ方をしましょう。

その7 よく眠ることが元気のもと

●眠る才能

いつでもどこでも私は眠れます。これが元気の秘訣でしょう。眠る才能があるんだと思います。電車でも飛行機でも、寝ようと思えばすぐに眠れます。道を歩きながらでも眠れます。危ないですね。

眠ったら最後、起きません。夜中に目覚めることもありません。

年寄りは眠れないと言いますが、私にはわかりません。いつもぎりぎりまで脳を使って、全身で働いているから、眠れるのだと思います。

ただし病気をして九十歳を越えてからは、眠りに夢が入るようになりました。万一なかなか眠れなくても、漢方の入った薬酒を呑むとすぐ眠れます。

若い時から、どんなに疲れていても、お酒を呑んでぐっすり眠ると回復していました。ちゃんと熟睡できているからだと思います。

この頃はそれでも疲れが残っていることがあります。とはいえ、一日中ずっと、寝間着でいる、なんてことはありません。しんどくても起きて着替えて、ご飯を食べて、でも元気が出なかったら本を読みながら横になって昼寝をしたりします。

睡眠は活力になるけれども、一日中ダラダラ過ごしてはいけません。

その8 ときめきは若さの秘薬

●色戒《しきかい》を守り抜いた

五十一歳で出家して以来、私は曲がりなりにも仏教徒として「忘己利他《もうこりた》」を理想としてかかげる生活を心がけてきました。

日本天台宗の宗祖、伝教大師最澄《さいちょう》の言葉に「悪事を己に向かえ、好事を他に与え、己を忘れて他を利するは慈悲の極みなり」という教えがあります。私は出家したから、僧侶としての義務があります。それが人のために尽くす「忘己利他」です。

天台宗徒として、優等生には遠いけれど、劣等生ではない程度に勤めているつもりです。けれど、戒律はとてもすべては守れません。

くものです。

「嘘《うそ》をつくな」と言われても、私は小説家です。小説とは嘘をホントらしく書くものです。

「人の悪口を言うな」だって、人の悪口を言いながら食事をするのは本当に楽しいもの。

ということで、十戒のほとんどは守れません。お釈迦さまは、人の守れないことを戒律に並べ立てて、人間がいかにつまらない不出来なものかということを自覚させられたのではないでしょうか。

困りはてた末、私は、それなら人間が一番守り難いことを一つだけでも守ろうと決めました。それは色戒です。セックスをしないことです。

五十一歳から、私はそれだけは守り抜きました。出家前の私の行動がふしだらと見られていたので、人は私が出家以来、色戒を守っていると言っても信じないようです。しかし、天地神明に誓って私は守り抜きました。

●ときめきはいつまでも

性を伴う恋愛はなくても、誰かを思う気持ちはあった方がいい。ドキドキしたり、ワクワクするときめきは、何歳になってもある方が楽しい。

寂庵へ身の上相談に来る人には、八十歳を過ぎても恋愛の悩みが多い。

お釈迦さまは恋愛するから悩みが生じる、孤独に生きる方が良いと仰っていますが、お釈迦さまは若い頃は王子様で、女をたくさん与えられて、女の美しさや愛も、恐ろしさや醜さも、絶望するほど味わい尽くしたのでしょう。

私は今でも男に絶望なんかしていません。男運が良かったと今も思いますし、一人残らずみんな亡くなりましたけれど、思い出の中では今も生きています。

男性向け週刊誌で「いくつまでできるか」なんて特集をしているけれど、本当に下品ですね。やっぱり愛がなかったらセックスなんかしてもつまらないと思います。

セックスを伴う恋愛と、伴わない恋愛では、嫉妬《しっと》したり、心を痛めたりする気持ちが全く違います。肉欲を伴わない恋愛では、嫉妬の質が浄化され、人を許す大らかな気持ちが自分を豊かにします。

五十一歳で出家して以来セックスをしていないから、私は若いのかもしれません。

昔からお坊さんに長生きの方が多いのも、だからじゃないでしょうか。百六歳まで長生きされた永平寺の宮崎奕保《えきほ》禅師《ぜんじ》さまは、生涯女性と接されなかったそうです。じきじき理由を伺いましたけれど、「お釈迦さまがするなと仰ったから」のひと言でした。その清らかなお顔だったこと！

何歳になっても恋心を忘れない。
ドキドキ、ワクワクは、
いつまでも!

その9　笑いは健康の秘訣

●毎日笑う

二〇一三年の春に寂庵のベテランスタッフたちが辞めたのを機に、生活を革命的に変えました。長い人は五十年以上も勤めてくれ、彼女たちは、年をとった私にもゆっくりした生活をさせたいと思ってくれたのです。辞めた五人の代わりに、二十代の若いスタッフ二人と暮らすようになり、毎日よく笑うようになりました。

先輩たちが私を「庵主《あんじゅ》さま」と呼んでいたのを、「どうしてセンセイのことを、マンジュウさまと呼ぶんですか?」と聞くのです。笑わずにいられますか。万事がその調子なので、私は一日中吹き出しています。

彼女たちのあっけらかんとしたものの考え方や、とんでもない日常の話を聞くと、面白くてたまりません。六十六、七歳の年の差では、怒ることでも笑ってしまいます。

笑うことはとても大切です。不幸は悲しい顔が好きで、幸福は笑顔が好きなんです。たいへんな時ほど、苦しい時ほど、笑顔が大切です。

美輪明宏さんの話では、家の中になるべく鏡をたくさん置いて、その前を通るたび、鏡の中の自分を見ることがいいそうです。鏡を見るたび自然にニッコリ笑う。それが美貌《びぼう》の元だと教えられました。

●和顔施《わがんせ》

仏教には「和顔施」という言葉があります。相手に笑顔を施すことが一つの徳になる、いつも人に対してニコニコするということです。楽しそうに笑っている人の顔を見ると、自分も自然に笑顔になりますね。それを見た周りの人もつられて明るくなるし、笑顔は健康の妙薬です。和やかな笑顔をつとめて人に接しましょう。

幸福は笑顔が大好き。
いやなことは笑って
浄化してしまいましょう。

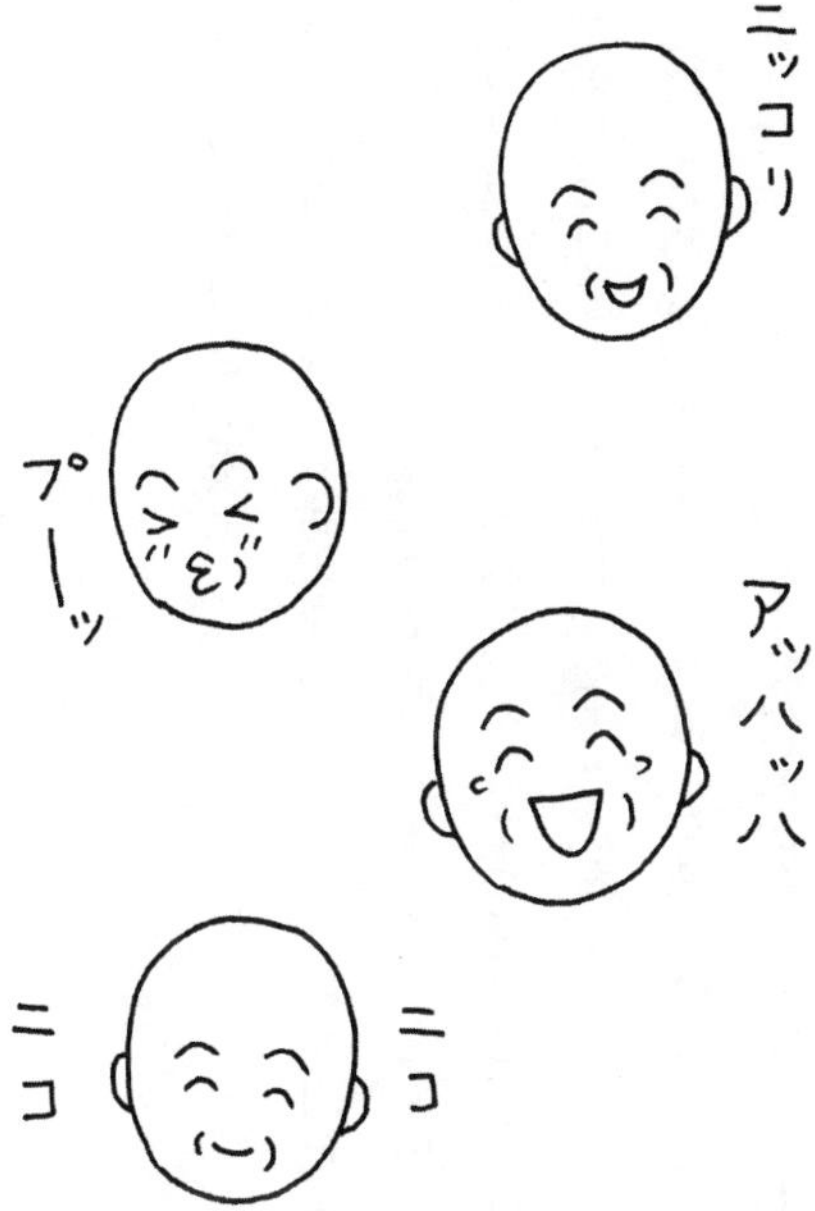
ニッコリ
プーッ
アッハッハ
ニコ
ニコ

その10　好奇心は老いの良薬

●五十年ぶりのつけまつ毛

このあいだ婦人雑誌の表紙のため、久しぶりに篠山紀信さんに撮影していただきました。九十三歳の老婆《ろうば》の表紙なんてイヤだとずいぶん断ったのですが、その時にメイクさんに勧められて、つけまつ毛をしてもらいました。

五十年前につけまつ毛が流行《はや》ったことがありました。その頃は長い髪を頭のてっぺんにまとめ着物を着ていた私は、早速つけまつ毛を買い込み、若い評論家との対談に出ました。話の途中で何故《なぜ》か右のつけまつ毛がはらりと頰に落ちてきました。私はあわてて後ろを向き、左のつけまつ毛をつっと引っぱり落とし、前を向きました。評論家も編集者もこらえられず吹き出していました。私も一緒に大笑いしたんです。

それ以来のつけまつ毛ですが、やはり昔のものとは違って、つけているのをあまり感じませんでした。

「つけまつ毛しましょうか?」と言われて、「そうね、つけてみようか」なんて言えるのはやっぱり好奇心があるからでしょうね。

●人の言うことを気にしない

髪の毛を紫にしてみたかったら染めてみる。真っ赤な服を着たかったら着てみる。新しい店があれば入ってみる。アイドルのコンサートに行ってみる。デモに参加してみる。つけまつ毛をつけてみる。

人の言うことを気にせず、好奇心のまま、自分のしたいことをしましょう。

私は人一倍、負けず嫌いなので、若い子が私の知らない楽しそうなことをしていると、気になって自分もやりたくなってしまいます。そういう大人げないところも好奇心があるといえば、そうですね。

面白いこと、好きなことをすれば、気持ちが高揚して楽しく明るく自然に笑顔になります。それが若さと元気につながるのです。

人の言うことを気にせず、
自分のしたいことをする。
それが若さと元気の根源。

第二章　病に負けない

その1　身体《からだ》の声に耳をかたむける

●突然の痛みに襲われて

二〇一四年五月末に突然、背中と腰の激しい痛みに襲われました。

八十八歳の時、初めて背骨の圧迫骨折と診断されて、半年間何もしないでただ寝ているだけの治療法で治したのですが、その時と同じ、いえ、それ以上の強烈な痛みでした。

圧迫骨折が治ったあとはすっかり元気で、以前と同じように東京や東北へよく行って仕事をしたり、全国あちこちで法話をしていました。原稿のために月に二、三回は徹夜もしている忙しいスケジュールでした。痛みの予兆なんてものは一切なかったのです。

私は自分の身体についてまったく無頓着《むとんちゃく》で、圧迫骨折が治ってからは、また以前のように忙しく無理を重ねていたのです。そこに突然、耐えがたいほどの痛みが起きたのです。

●緊急入院

翌日、主治医に連絡して病院へ行きました。身体を少し動かすだけで激痛が走ります。ＣＴやＭＲＩの検査を受けたら、結果は腰椎《ようつい》の圧迫骨折でした。四年前とは違う部分で、疲労骨折ともいうらしいのです。

前回と同様、主治医は自然療法をとられ、ただ安静に寝ているようにと言われます。すべての仕事の予定をキャンセルして緊急入院となりました。

内科も調べてみると持病の糖尿病が悪くなっていると診断され、薬がどっと出されました。忙しく働き続けているので、精力をつけるためつとめて肉を食べ、疲れ直しと言ってはお酒も呑《の》んでいたので、糖尿病の数値が上がっていたのは当然でした。

数値が少々高いくらいが、パワーが出るというのが私の勝手な判断でしたが、そのツケが回って来たということでしょう。もう少し身体の声に耳をかたむけるべきでした。

●全身麻酔が怖い

私は今度も半年じっと寝ているのはたまらないと思い、主治医の先生に今度は前に聞いたセメント療法を受けたいと申し出ました。

セメント療法は骨折の部位にセメントを注入して骨を固めて治すという方法です。二〇一二年に日野原重明先生と京都の武田病院の武田隆男会長と鼎談《ていだん》した時、百歳を越えたお年の日野原先生も、八十代の武田会長も、圧迫骨折になった時はセメント療法であっという間に治したと話されていたのを思い出したんです。セメント療法をすれば、すぐに歩けるようになると仰《おつしや》っておられました。

しかし主治医の先生は、セメント療法は効く人にはとても良いけれど、効かない人にはより悪くなる場合も多く、だから国は認めず、保険も使えない、自分はこの方法は取っていないと仰います。その手術の金額を聞いたら八十万くらいだということでした。半年仕事のできない損失を思えば、数日で治るなら八十万は安いものです。私は今度は是非ともセメントを入れて下さい、とお願いしました。

それでは、ということで手術をする担当の医者が部屋に来てくれました。ところが孫のように若い男の医者から説明を受け、手術は全身麻酔で行うと聞いたとたん、私は手術がいやになっていました。

九十二歳のその時まで、私は何の手術もしたことがありませんでしたし、全身麻酔の経験もありません。麻酔が切れる時には、言ってはならぬことを口走るものだと聞いたことがあります。

何でも小説に書いてしまうので、今さら人に聞かれて困る秘密もありませんが、無意識の中で何を口走るかと思うと、やはり不安でいやでした。

それでやはり自然療法でいくということになり、ひと月じっと動かずにコルセットをして横たわっていました。

少し痛みが治まって来たので、これからはとにかく安静にして家で療養するようにと言われて七月初めに退院したのです。

一ヶ月ぶりに外に出たら車窓から見る景色がとても新鮮でした。お好み焼きと焼きそばを買って帰りみんなで食べて、ようやく家に帰って来られた喜びをかみしめました。

病後なのに無理を重ねれば、
数値も悪くなり、痛みも出て当然です。
常に身体の声を聞くべきです。

その2　医者の言葉をよく聞く

●まさかの再入院

退院してまだ背中や腰の痛みはありましたが、帰って来てみればしなければならないことがたくさん溜《た》まっているので、まず机に向かって原稿を書きました。発行が遅れている「寂庵だより」のために、とにかく早く書かなければという思いでした。

しかしお盆にお経をあげようとしたら、歩くのが痛くて、庭を横切ってお堂まで行くことができなかったのです。

八月二十二日、いよいよ痛みが我慢できないほどになり、椅子《いす》に腰掛けることもできなくなってしまいました。医者の言うことに従わなかったせいです。

そこで思い切って、武田病院の会長に電話しました。

一時間もしないうちに救急車が来て、ストレッチャーで武田病院に運び込まれ、再入院となってしまいました。私も秘書の若い子も人生初の救急車体験です。

到着してすぐCTやMRIで検査をしましたが、MRI室の入り口へ移動するのも死ぬほど痛い。痛み止めのブロック注射というのをしてもらいましたが、身体に触れられるのもとても痛くて、検査だけで一苦労です。

●骨セメント術

翌日、すぐに骨セメント術をすることになりました。全身麻酔に不安があったので前回はやめたのですが、ここでは局部麻酔だということでホッとしました。三十分くらいで終わる簡単な手術ということで、そんなことならもっと早くすればよかった。

実際、手術はあっという間に、何の苦痛もなく終わり、私には五分くらいで済んだように感じられました。その結果、すぐに歩くことができてびっくりしました。

ところが数日経《た》っても腰の痛みが消えません。「痛みを止めてください」と先生にお願いして、ブロック注射を何回してしても一向に効かない。

骨折しているあたりではなく、腰部《ようぶ》が痛む。骨はもう固まりつつあるらしいのですが、この痛みは神経痛だと言われました。骨折箇所ではないところが痛むこともあり得るらしいのです。

何もしなくても、何をしても痛くて痛くて、横になっても立っても、座っても寝てもとにかくジンジンと痛い。トイレに行くのも泣きながら腰を曲げて歩行器にすがって行くし、トイレ内での動作がヒイヒイ言うほど本当に苦痛でした。

起き上がることができないので食事も進まない。食欲は全然ないし、みるみるやせ細ってしまった。毎日来てくれるスタッフが、私に鏡を見るなと言うんです。きっとシワシワで、いよいよ腰の曲がった老人になってしまったと、いやでも自分の老いを認識させられました。

その3　「神も仏もあるものか？」

●見舞いはすべて断る

どの入院の時も、私はすべての見舞いを固く断っていました。日に日にやつれていく自分の姿を、どんな仲良しの同性にも、ましてどのような老若《ろうにゃく》の異性にも見られたくなかったのでした。

ただじーっとベッドの上に横たわって、痛みにうめきながら数週間を過ごしました。あまりに痛くて、声を上げて泣くこともありました。

黒柳徹子さんがお見舞いの優しいお電話を下さった時には、つい、

「腰が痛いの。ブロック注射を何度しても効かないし、ずーっと痛くてつらいのよ。もう神も仏もないって感じ」

と言ってしまったんです。徹子さんが驚いて、

「そんなこと仰っていいんですか？」

と言ったけど、

「もういいのよ」なんてやけっぱちな罰《ばち》当たりなことを言いました。

長命は望んでいないけれど、願わくは、ペンを握りしめたまま、人知れずこっそりと死にたいもの。仏さまはそれくらいは適《かな》えて下さるだろうと思っていました。まさか、こんなつらい目に遭わされるとは。

万一、病が治って、法話を再開できる時は、「みなさん、神も仏もありませんよ！」と言ってやろうと、本気で思っていました。

その4　私が鬱《うつ》になるなんて

●死んだ方がまし、と思い続けて

とにかく何もできなくて、「痛い、痛い」ばかり言って、新聞と本は少しは読めるものの、書くことは一切できない。手もしびれたようになって、指は曲がってしまい、ペンを持つこともできなかった。何も生産できないでただ生きるということは、私にとってこんなにつらくて、意味がないことかと、つくづく思い知らされました。

この病気で死ぬとは何故《なぜ》か思わないけれど、もしかしたらこのまま歩けなくなるんじゃないか、寝たきりになるんじゃないかと繰り返し考え込んでいました。これが長引くなら死んだ方がまし、と思う日もありました。

何週間もじーっと動かないままで、考えてもどうしようもない同じことを繰り返し考えて、だんだん気持ちが沈み込み、おかしくなりそうでした。

そのうち、「あ、これは鬱になっている」と気がつきました。

●鬱に負けない

私は根っから陽気な性分なのに、それでも鬱のようになってしまった。

以前、ガンになった知人から手紙がたくさん来ていましたが、あんなに元気で前向きな考えだった人が、ガンとわかってからはどんどん鬱になっていったのが文面からわかりました。

何にでも興味を持って、あちこち行って、自分のやりたいことをやっていた人が、病気になってだんだんと弱気になり、しまいには死にたいとか、もうダメだとか書いてきていました。

それを思い出して、私も同じ状態だと気づいたんです。

私のように陽気な人間でも、
病のため、鬱に負けそうになりました。

その5　治ったらあれもしたい、これもしよう

●楽しいことを考える

「もう死んだ方がまし」などと毎日毎日、考えるようになって、自分が鬱状態になっているとわかってから、ここで負けたらいけない、と思ったのです。

鬱に負けたら、病気がもっと重くなるとわかっていました。

とにかくなるべく楽しいことを考えて、笑うように努力しました。

気持ちを紛らすために、無理矢理、本を読むことに集中しました。自分が書いた昔の新聞小説などを読んだら、内容をすっかり忘れていて、次はどうなるのかなど、まるで人の小説のようにわくわくできるし、他の作家の書いた良い小説を読んだら「ああ、負けちゃいられない」と闘争心がわき上がってきまし

た。

私は小説が好きだから本を読んだけれど、音楽が好きな人は音楽を聴いたり、映画が好きな人はＤＶＤを見たり、好きなこと、楽しいことを思い出してそれをやるようにしましょう。

人の世話になって自分では何もできないのでは、生きていても面白くないですから、何とかしなければという前向きの気持ちも出てきました。治ったら何がしたいか考えたら、やはり私は小説を書きたいとわかりました。今は、ああ、顔見世興行を見たいわ、なんて考えられますが、動けない時はとにかく書きたかった。それればっかり一生懸命考えていました。この世で私がしたいことは、小説を書くことだけだったのです。

病のおかげで、自分の
いちばん大切なこと、
やりたいことが、はっきりしました。

つらい……
痛い……
死んだ方がまし…
負けたらいけない!
小説を
書きたい!

その6　手術なんか怖くないよ

●ガンがみつかる

腰の痛みはどうやっても消えないのですが、リハビリで歩く練習をして、入院生活で落ちてしまった筋力をつけていけば、次第に痛みも治まっていくだろうということで、退院して自宅療養という形にすることになりました。

ところが、退院前に全身を調べているうちに、ガンがみつかったんです。ガンが胆のうの中にあるとわかった時は、「へぇ」って思っただけでした。驚いたとか、困ったとかではなく、平然と受け止めていました。

医者から、「どうしますか？」と聞かれました。

摘出手術をするかどうか、ということだとわかったので、即座に、「すぐに取ってください」と答えました。

普通は九十二歳にもなる高齢の人は、身体に負担が大きいのでガンの手術はしないものらしいです。

でも私は、「人生の最後にまた一つ、変わったことができる」と思ったんです。

初めてのことになりますから、ちょっとわくわくする気持ちもありました。

●覚悟を決める

そして私は、宇野千代さんのことを思い出していました。

宇野さんは八十四歳の時に腸にガンができて、誰にも言わず内緒で手術をしたらしいのです。十年位経ってから、私はご本人からその話を聞いたのですが、開腹手術だったらしい。宇野さんは、

「誰にも言いませんでしたよ。個人的なことで自分が始末すれば良いと思った

から。ええ、死ぬとは思わなかった。生きるために手術するのだから、治ると確信していましたよ」

と、艶然《えんぜん》とした笑顔で仰いました。

私はそれまで、身体にメスが入ったことはありません。盲腸も取ったことがない。だから身体を切るのはちょっといやだな、と思ったけれどしょうがない。そう覚悟していたら、実際の手術は全身麻酔で、腹腔鏡《ふくくうきょう》でお腹に三つ穴が開くだけだということでした。

「人生の最後にまた一つ、
変わったことができる」
ガンの手術を受けることに、
わくわくしました。

●全身麻酔でガンの摘出手術

そしてずっと心配だった全身麻酔のことは、親しい若い作家の平野啓一郎さんの話を聞いて安心していました。

平野さんのお祖母《ばあ》さんの松子さんとは、平野さんの文学賞受賞の席上でお目にかかっています。とても美しい方で、私より二つ三つ年上です。その松子さんが最近、転んで骨を折り、全身麻酔で手術をしたら、麻酔のかかっている間に何とも素敵な夢を見たというんです。ヨーロッパのどこかの国の舞踏会に招かれ、素敵なドレスを着て貴族の美男子と踊ったんですって。そんな夢を見られるなら、麻酔をされても良いかなと思えてきました。

そうしたら実際には夢を見るどころか、麻酔をされたら何とも言えない良い気持ちになって意識を失うんです。甘ーい、スーッとした、本当にあんな良い気持ち、何にたとえたらいいでしょう。それで、「ああ、死ぬ時の感覚はこれかな」と思いました。

これだったら死ぬのも悪くないなと思ったんです。死ぬ時みんな「痛い」なんて言わないで黙って死んでいくのは、こういう良い気持ちで死んでいくのかもしれないですね。死んでいないからわからないけれど。

気がついたらもう手術は終わっていました。そして目覚めた時の気分がまた良いんです。あれはもう一回やりたいくらい。癖になりそうでした（笑）。

手術で取った胆のうを見ましたが、焼き芋くらいの大きさでどっしりしていました。医者がそれを開いて、ここにガンがあると教えてくれました。ニキビのようなものがあり、悪性だったということでした。

身体の中からあんなに大きなものがなくなったら、お腹《なか》のあたりがスカスカするかと思ったけれど、何ともありません。傷の痛みもありません。

●志賀直哉先生の胆石

実は、二十五歳で徳島から出奔して京都で貧乏暮らしをしながら大翠《だいすい》書院という出版社で働いていた時、胆のうに石が溜まったことがあるんです。それに気づかず、東京に集金の仕事で出張させられ、友人の家に泊まっていたら、その夜、七転八倒するくらいお腹が痛くなりました。胃痙攣《いけいれん》だと思い、近くの医院に連れて行ってもらったら、「胆のうに石が詰まっています」と言われて胆石を取ってもらいました。

その頃は長いゴム管の先に金属の口の付いたものを喉《のど》から差し込み、胆のうにそれが届くと、ゴム管に空気を入れて石を吸い出すという原始的な方法でした。砂利のような小さい石がびっくりするほど取れて、あとはけろりと痛みが止まりました。

そこは胆石専門のお医者さんだったんです。玄関脇《わき》の待合室の壁際《かべぎわ》にあるガラスケースの中にさまざまな石が並んでいて、帰りに気がついて見たら、その中に「志賀直哉先生御石」と書いてある石があってびっくりしました。小説の神様の胆石は大きくて、ブローチにしたいようなものでした。

私は既にその頃、小説家になりたいと志していたから、志賀先生と同じ医者で胆石を取ってもらったなんて、これは幸先がいいわ、とうれしかったのを思い出しました。

ともかく、ガンの手術が終わったら、何故か腰の痛みも弱くなって神経痛もだいぶ楽になってきていたので、手術後一週間くらいでようやく退院することができました。

この年になってこんな病苦を与えられたのは、神も仏もないと恨んでいましたが、おかげでガンが発見されたのだから、やっぱり観音さまは私の背中あたりにくっついていて下さるのかなと今は思えます。

病気の人の苦しみを身をもって味わえ、と与えられた苦痛かと今では納得できてきました。人の苦しみは、やはり自分で経験しないと正確にはわからないと思いました。

その7 正しい診断こそが必要

●とうとう来たか

私の身体にガンがあるとわかった時、驚いたり、怖いという感情はありませんでした。父や姉、親しい友人、若い友人、人並みでなくつきあった男たちもみんなガンになっていますから。彼らの闘病の悲壮さにも、その甲斐《かい》なく最期《さいご》はガンに負けて死んでゆく悲痛さにも、いやというほど立ち会っています。「ああ、そうか、私にもとうとう来たか」という感じでした。

私の若い頃は結核にかかれば死ぬと言われていたように、ガンになると助からないという印象でしたが、医学の進歩は目覚ましく、現在ではガンも結核のように治る病になっています。

いつのまにか私は、若い人にニキビが出るように、人間は年とったらガンの洗礼を受けるものだと考えるようになっていたので、医師から突然に告知された時も、悲愴な感情には結びつきませんでした。

けれどそれは私が九十歳を過ぎた年齢だったからかもしれません。八十歳だったら、七十歳だったら……、わかりませんね。九十歳を過ぎてどうせもうすぐ死ぬから、と思えていることが大きいかもしれません。

●病は気から

それでも普通は、自覚症状がない人でも、ガンだと言われれば気が滅入《めい》って、一気に病人になってしまいます。でも現在では治るんだから、もう最期だなんて思わなくていいんです。

「病は気から」という言葉がありますが、ちょっと胃が痛いと、胃ガンかしら、指がしびれているとリウマチかしら、とくよくよするのはよくありません。身体は心次第なんです。気持ちが暗いと本当に病気を招いてしまいます。

この頃、年老いたな、なんて思っていると老《ふ》けていく。今の私がちょうどそういう状態になっていますが、そんなに悪く考えないことが大切です。

自分で勝手に思い込まないで、きちんと医者に診てもらう。正しい診断をしてもらう。だから医者が必要なんです。自分で決めつけない。もしかしたら取り越し苦労かもしれないでしょう。

勝手に悪い想像をして心配して恐れないで、まず診断をしてもらいましょう。

病は気から、身体は心次第です。

その8　元気という病気

●「元気という病気です」

はじめてこの腰の病に襲われたのは二〇一〇年、八十八歳の時でした。その頃の私はまだまだ元気で、月の大半を日本中のみならず海外まで飛び回り、講演や法話、そして執筆に明け暮れていました。舞台に上がると立ったままで一時間半から二時間話し続けても全く平気でした。

年齢よりもはるかに元気で、人に「お元気ですね、その秘訣《ひけつ》を教えて下さい」と言われるたび、「元気という病気です」などとのんきに自慢していたくらいなのです。

その年の秋、京都から東京、そして東北へと辿《たど》る旅にも、カメラマンの男性を同道したものの基本的には一人でおりました。

ある夜、東京のホテルで荷物をトランクに詰めていたら、腰のあたりから「ギクッ」というような音が聞こえたんです。それで、「あ、これはギックリ腰だ」と。私はまだ一度もギックリ腰になっていませんが、編集者たちや物書きのお友だちもしょっちゅうギックリ腰になっているし、その話を聞いていたから、あ、来た、と思っただけです。腰の痛みは耐えられないほどではなく、まさか、それで寝込んでしまうとは思いませんでした。

しかし翌日、仙台で知人の結婚式に出たら、もう帰りは痛くて歩けない。京都まで帰る新幹線には乗れないと思って、東京でいつもお願いするマッサージの人を呼んで診てもらい、マッサージをして鍼《はり》を打ってもらい、何とか少し痛みが治まった気がして急いで京都へ帰ったら、もう歩くどころか立てないほどの痛みになって……。

それでようやく病院に行ったんです。

その9　老人はがんばらない

●疲労の極限の末に

医者に診てもらったら、腰部脊柱管狭窄《せきちゅうかんきょうさく》症だと言われました。仕方がないのですべての仕事を断って緊急入院です。

医者の診断では、私の身体は疲労の極限にあるということ。そして糖尿病の数値もとても悪くなっているということでした。

たしかに腰が痛くなる前から、唇にヘルペスが出ていたので、ものすごく疲れているということは自分でもわかっていました。いつも、疲れ果ててその極限になると、唇にヘルペスが出るのです。

講演、執筆、対談、法話とびっしり詰まった殺人的スケジュールを必死でこなす日日。本当にくたびれ果てていたのはわかっていました。結局、今までの無理が全部、噴き出てきたということでしょう。

でもいくら身体がきついといっても、一度倒れてみないと誰も信じてくれません。この入院で、私の身体も決して鉄でできているわけではないということが証明されました。

●観音さまの下さったお休み

医者の診断では、手術以外にこれといった治療法はなく、ただ安静にして寝ているしかないということです。手術は考えた末にやめました。

私の身体に合ったコルセットを作ってもらい、それをつけて病院のベッドに横になっているという生活が始まりました。当初は足が激烈に痛くて、痛み止めの薬を飲んでもたいして効きませんでした。

痛みのあまり眠れない時は、本当につらくて、横たわったまま闇《やみ》の中でいろいろなことを考えました。

その年の初めから何となく、こういう時が来る予感はしていたのです。講演でも「みなさんとお会いできるのは、これっきりかもしれませんよ」とか、「もう最後かもしれませんよ」とよく話していましたし。でもこんなふうにベッドにじっとして歩けなくなるとは、自分でも思いもよりませんでした。

最初のうちは、観音さまが私にお休みを下さったのだと思っていたけれど、どうせ休ませて下さるなら、こんなに痛い思いをさせないで、気持ちよく休ませて下されば良いのにと腹を立ててみたり、いっそぽこんと殺してくれれば良いのにと、恨んでみたり（笑）。

医者の言うとおりに、ただベッドの上でじっとして痛みを我慢していたんですけれど、じっとしているだけなら、自宅療養でも同じだと思い、退院しました。

病気の人の苦しみを
身をもって味わえと、
観音さまに与えられた
痛みだったのでしょう。

その10　セカンドオピニオンを聞いてみる

●「お年ですから」

寂庵《じゃくあん》へ戻ると、スタッフの人たちが手厚い介護で支えてくれました。肉親でもあんなに優しく丁寧に介護してくれないと思います。

入院していたことは公《おおやけ》にしていませんでしたが、家に帰るなりどこからか人に知れて、全国から見舞客が訪ねてきてしまいました。その人たちは腰痛の権威の治療師や治療法を紹介してくれるというので、断り切れず一つ、二つと受けていると、いつの間にか大勢が押し寄せてきて、たいへんな騒ぎになってしまいました。でも、残念ながら効いたものは一つとしてありませんでした。

けれども、どうしてこんなに痛みが続くのか、果たして治る日は来るのか、このまま寝たきりになってしまうのか。自分でとにかくこの痛みの原因をきっちり確かめたいと思いました。
それで信頼できる知人の紹介で、別の病院でセカンドオピニオンを聞くことにして、あらためて精密検査を受けたら、背骨の下から三つ目の骨の圧迫骨折だと診断されたのです。
診断書の病名は、
第三腰椎《ようつい》圧迫骨折
脊柱骨粗鬆症《こつそしょう》
腰部脊柱管狭窄症
というものでした。先生は、
「とにかく、ゆっくり静養すること。絶対に動かないことです。時間はかかるだろうけれど、必ず元通りに歩けるようになります」
と仰《おっしゃ》いました。どれくらいかかるのかと聞くと、

「普通の人は三ヶ月寝ていたら治るけれど、あなたは最初に間違った処置をされたし、何しろ、お年ですから、まあ半年は寝ていて下さい」

「えっ、半年もですか！」

驚いて思わず悲鳴をあげても、当然というように頷《うなず》き、

「寂聴さんは、背骨も首も歪《ゆが》んでいなくて、内臓もお若いので、完治後は十年、二十年生きて、あちこち講演活動に飛び回れますよ」

と太鼓判を押して下さいました。

「何しろ、お年ですから」という言葉にも驚きました。私は八十八歳になっていても、それまで自分を年寄りと思ったことがなかったのです。誰でも「お若いですねぇ」と言って下さるのに、医者から「お年」と言われるなんて。

この時の病気でいちばん困ったのは、びっしり詰まっていた各地の講演会ができなくなったことでした。既に予約をして下さった方が何千人もいらっしゃるので、先方にひどい迷惑をかけることになり、スタッフがとても恐縮して謝

ってくれたのですが、中には私をひどく罵《ののし》る人もいたりしました。この時、もう治っても今後は講演は引き受けまいと決めました。

その11 寝込んでいる間に、自分と向き合う

●「あの世」観が変わった！

私は法話でよく「死んだら地獄へ行きたいわ」なんて話していたんです。あの世へ行ったとしても、極楽は平和で退屈だろうから、地獄へ行って、今日は赤鬼が来るかな、青鬼かな、どんな責め苦があるんだろう、そんなふうに毎日楽しめるなら地獄へ行ってみたいわ、なんて。

もう、とんでもない。地獄へ行ってこれ以上痛い目に遭うのはごめんだから、絶対にまっすぐ極楽へ行きたいですね。そんなことを法話で喋《しゃべ》ったらみなさん、げらげら笑ってくれたけど、本当に「痛い」というのはいやなものですね。

病と痛みは、私の「あの世」観を変えました。

日常生活で普通は殴られたりしないし、痛い目に遭うことはそんなにないですよね。だから痛みがつらいというのを、本当に全身でしっかり感じました。きっと私は拷問《ごうもん》にも耐えられないでしょうね。痛い目に遭うと何でもすぐ白状してしまうでしょう。

ベッドでとにかく一日の時間が過ぎてくれることをただただ願っていました。それでも「本当にこれでよくなるのかなあ」とだんだん弱気になってきたんです。トイレにも行けず、ベッドのそばにポータブルトイレを置いてそれで用を足していたんですが、それがいやでいやでたまりませんでした。

寝たきりの生活を初めて経験して、本当に不自由だとわかりました。どんなことでも、人間は自分が経験してみないとわからないものです。病気の人のつらさが、八十八歳になって心の芯《しん》からわかりました。

生きていれば何が起こるかわかりません。自分と向き合う時間を仏さまから与えられたと思って、ようやく心を落ち着けることができました。

病と痛みは、
私の「あの世」観を変えました。

その12 おなかに指で般若心経《はんにゃしんぎょう》を書いてみた

●般若心経を書いてみる

あまりの痛みにものを考えることもできず、本を読むこともできず、痛いけど退屈なので、おなかに指で般若心経を一語一語書いていたんです。仏さまにすがるというより、少しでもよくなればという気持ちからやっていたんでしょう。

「摩訶《まか》般若《はんにゃ》波羅《はら》蜜多《みった》」と書いてみると、その時は神経がそちらに行くので、いくらか楽になりました。こんなふうにお経に救われることもありました。だけどそれは自分のためだから効かないんです。祈りは、やはり人のために願った時に効くんですよ。私の般若心経はいま考えると退屈しのぎだったのでしょう。

それでも、写経というのはこんなふうにやっても罰は当たらないとわかりました。

こうやって書いていれば、お経もよく覚えられるし、漢字も覚えるし、頭にもいいんじゃないかしら。

法話の相談などでよく聞いてはいたけれど、今回初めて本当に病気のつらさがわかりました。人は自分がその立場になってみないと、その痛みはわかりません。心の痛みも身体の痛みも。

私は作家ですから、人より想像力があると自認していましたが、このたびばかりは、とんでもない思い上がりだったと実感しました。寝たきりの人のつらさ、苦しみは、健康で丈夫な人の想像をはるかに越えたものでした。

病気になって初めて、病気の方のつらさ、苦しみがわかるようになりました。

「摩訶般若波羅蜜多《まかはんにゃはらみった》」と書いてみましょう。

その13　「日《ひ》にち薬《ぐすり》」は効く

●歳月がお薬になる

医者の言うとおり、半年寝ていたら痛みが消えるんだったら、とにかく早く時間が過ぎることを願い、治ると信じていました。何週間かごとに診察を受けＭＲＩを撮ってみると、新しく骨ができてきていました。この年になっても、骨はできるんですね。そして少しずつですが、本当にだんだん痛みが減っているようでした。

京都には「日にち薬」という言葉があります。歳月がお薬になるんです。時間がだんだんと痛みをやわらげてくれます。本当に少しずつよくなって、歩行器にすがってトイレまで歩けるようになりました。

痛みにも、苦しみにも、
歳月はお薬になるんです。

その14　絶望するな

●二〇一一年三月十一日

それで「半年まであとひと月だな」と思っていたら、三月十一日が来たんです。テレビで東北の大津波という未曾有《みぞう》の出来事を見た時は、まだ身動きできずにいましたが、続いて福島の原発事故のニュースを聞いた時、もう寝てはいられないと、気をしゃんと持って起き上がろうとしたら、なんとか一人で起き上がれたんです。

そこで足をそうっと床におろして立ち上がって、そろりそろりと歩いてみました。こうしてはいられないという活力が一瞬湧《わ》いたのですが、まだ足腰は萎《な》えていてそれ以上はどうにもなりませんでした。

連日ベッドの上でテレビに見入り、新聞を隅から隅まで読んで、知れば知るほど災害のひどさと恐ろしさに打ちのめされていました。

私にとって東北は第二の故郷です。六十四歳の時に岩手県浄法寺町の天台寺に仏縁があって晋山《しんざん》（一寺の住職となること）して以来、毎月のように通い続け、荒れ果てた寺を復興し、東北の人たちと親しんで来ました。

これまではどこかに災害が起きると、すぐさま現地に駆けつけて避難所を見舞い、義援金を届けたり、人々をマッサージしたり、話し相手になったりしてきました。それは出家者として当然のことだと思っていました。

●必死の歩行訓練

それなのに今回はまだ自分の足ですたすたと歩けない。もどかしくてなりません。とにかく、歩く練習を始めました。その頃は、リハビリの先生をお願いするなんて思いつかず、一人で重い歩行器に入って寂庵の廊下を毎日往復して。

それでだいぶ治りかけた時に、歩行器のまま廊下でバーンと転んでしまったんです。その時は痛いし、「あーあ、またこれで元の木阿弥《もくあみ》だ」と思ったら涙が出てきて……。でもそれは、骨には障《さわ》らなかったので大事にはならなかった。

津波で犠牲になった方たちの冥福《めいふく》を祈りたい、被災した人たちに声を掛けて話をしたい、そのために何としてでも歩けるようになりたい。私が今ここで歩けないからと絶望している場合ではない、そう思い続けていました。

とにかく歩く練習をして、車椅子《いす》でも被災地を見舞おうと決意した時、スタッフは誰も私を止めませんでした。こんな時誰が止めても耳を貸さずにしたい放題にする私を、長年そばで見守ってくれた彼女たちはわかってくれたのです。

そして六月、天台寺で久しぶりの法話をすることができました。それが終わってから、天台寺に近いところから南の方へずっと被災地を回って避難所や仮設住宅を訪問し、被災者の方たちと話をしに行きました。しんどいとは思いませんでした。

生きていれば何が起こるかわかりません。
けれど、絶望してはいけません。

その15 治ると信じる力

●この世は常ならず

私は「無常」という言葉を、この世のはかなさを示す語と考えず、「この世は常ならず」と自分流に解釈してきました。もともと「生々流転《しょうじょうるてん》」といって、すべて刻々と移り変わっていくというのが仏教の根本思想です。

今はどん底かもしれないけれど、いつまでも続くどん底ではない。無常だから、必ず変わっていく。そう信じます。この世では同じ状態は決して続きません。どんな悲しみも苦しみも痛みも、決していつまでも続きません。いつか、必ず終わりが来ます。物事はすべて移り変わっていきます。

この年まで生きた私の経験と実感からそう信じられます。私の「無常」観によれば、震災のようにこの世の地獄と思われることが起きても、どん底からの反動として必ず立ち上がり、今に希望が見えてくるはずなのです。

ですから、病気になっても必ず治ると信じることです。

私が初めて寝込んだ時、そのまま寝たきりになると思った人も多いんじゃないでしょうか。けれど、実は自分が死ぬとは思わなかったんです。必ず治ると信じていました。

どんな不幸の中でも、痛みの中でも、決して絶望してはなりません。暗闇の空に希望の星を見出《みいだ》す力を、人間は与えられているのです。

どんな痛みも苦しみも、
同じ状態は続きません。
必ず治る。信じましょう。

第三章　長生きしよう

その1　足腰の筋肉の強化

●足に力が入らない

二〇一四年の九月末に退院してから週に二回、理学療法士のCさんが来庵《らいあん》してくれています。優しい方なので、リハビリの日が待ち遠しいです。

リハビリは、まず体温と血圧、脈拍を計ります。私は平熱が常に低く三十四度台で、驚かれました。血圧は一時高かったですが、今は平常になっています。

横たわってまず全身を伸ばしてから、足の筋を伸ばすストレッチ。Cさんの指示で足をゆっくり上げたり曲げたり。

長らく寝込んで動けなかったため、足腰の筋肉がすっかり落ちているのを取り戻し、自分の足で立つのが最初の目標でした。

一回のトレーニングは六十分。内容はそれぞれの人に合わせているそうです。

●体力の基礎は陸上競技で

元々、運動神経は良い方だと思います。女学校の三年間、陸上の三種競技の選手で短距離走、走り幅跳び、やり投げをしていました。放課後、日の暮れるまで毎日練習して、どの競技もフォームがよく、走る時のスタートの姿勢など、後輩の前でお手本にされたくらいなのに、何故《なぜ》か走るスピードは遅く、やりは遠くへ飛ばず、走り幅跳びも一向に跳べない。その不思議！　試合は万年補欠で、ついに一度も出してもらえませんでした。

それでも少女の頃の練習のおかげで、私の体力の基礎は養われたと思います。身体《からだ》が柔らかいのは生まれつき。小学校の時から体操は得意でした。

リハビリのCさんに私の元々の身体能力はとても高いと言われましたが、それはやっぱり陸上選手をしていたことと、五十一歳で出家した翌年、比叡山で二ヶ月の厳しい修行に耐えたのが、身体作りの基礎になっているのでしょう。

年若い男の子たちと一緒に、毎日三十キロの山道を走って上り下りして、初めの頃は皆のいちばん最後についていくのがやっとでした。けれど、毎日同じことをがんばっていたら、二ヶ月後には何人も抜いて、四十人のうち三番で帰り着けるようになりました。

この修行で、私の肉体は徹底的に鍛えられて、まったく作り替えられたと思います。

●ボールやマットを使って

起き上がれるようになってからのリハビリでは、ボールやマット（バランスパッド）を使ったトレーニングをしています。横たわってバランスボールに両足をのせ、足を動かしたり、ボールを持ち上げたり、引き寄せたりする運動をします。

柔らかいマットの上に立つのは、最初のうちはバランスを取れなくて難しかったけれど、今はマットの上で足踏みができるようになりました。

椅子《いす》に腰掛けてする運動では、足首に0・75kgのおもりをつけて足踏みをしたり、両足を股関節《こかんせつ》から開いて閉じたりすることを繰り返します。足だけでなく、おなかやお尻《しり》の筋肉も使います。

どんな運動も私がすぐにできるようになるのでCさんには驚かれますが、リハビリのあとに筋肉痛になったこともありません。

難易度の高い初めての運動をやるのは、とても面白いです。

リハビリの最後は身体を緩めてもらって終了。これが気持ちよくリラックスできて、極楽。

リハビリは絶対に必要。
最後まで、自分で食事と
排泄《はいせつ》をするために。

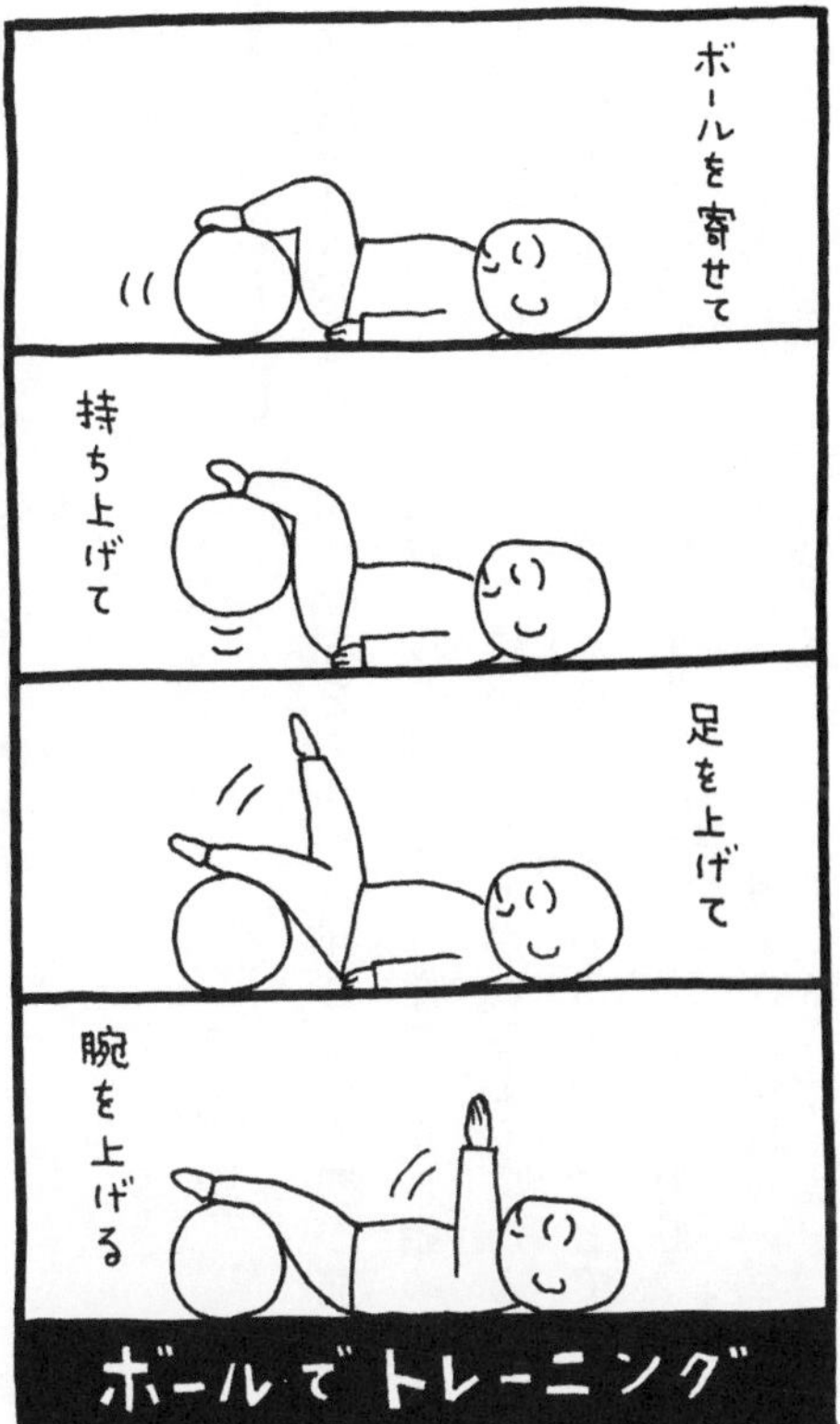
ボールを寄せて
持ち上げて
足を上げて
腕を上げる
ボールでトレーニング

その2　日常生活で続けるリハビリ

●座って食事をしたい

退院直後は寝たきりで、ベッドをちょっと起こしても腰が痛かったので、ベッドの上で寝たまま、足だけを少し動かすようなことから始めました。自分で身体を起こせなかったので、とにかく起き上がれるようになるためには、まずおなかの中の圧力、腹圧を整えることから始めるということでした。

ベッドの上で寝たまま食事をするのがとても辛《つら》かったので、なんとかテーブルについて食事をできるようにしたいというのが、退院後の私の強い願望でした。

座る姿勢を保つには、体幹という身体のコアになる部分と、腹圧がしっかりするようになることが必要だそうです。寝込んでいたせいでその筋力がまったくなくなり、身体が真《ま》っ直《す》ぐにならないので、背骨が圧迫されて神経痛が出ていたのです。

リハビリのたびに、身体の中心を活性化させるような運動をしていったら、十秒しか起き上がっていられないという状態から、一分、五分、と起きていられる時間が延びて、少しずつ力がついてきました。退院してから三ヶ月後くらいでした。

座れるようになったら、腰痛《ようつう》も自然に治まりました。おなかに力を入れられるようになると、姿勢を起こして背骨で身体を支えられるようになったのです。

●日常生活でのトレーニング

本当は自分一人でもリハビリの運動をした方がいいけれど、それはとうてい続かない。Cさんに優しくおだてられたり、いさめられたりしながらのトレーニングだから続くのだと、つくづく思います。

でも少し起き上がれるようになったら、私はじっとしていられないので、歩行器につかまってスタッフのいる食堂までゆっくりと移動して来て、椅子にちょっと座ってみたりしました。最初は一分と座っていられなくて、すぐ食堂の床に猫のように横になってしまいました。

Cさんには「チャレンジャーですね」と褒められたけれど、そうやって日常の中で動いたりしてみたのが、結果的には自主的なリハビリになりました。少しでも前の状態に近づきたい、という強い気持ちがよかったらしいです。週一回か二回リハビリの先生に来てもらって、一緒にトレーニングをしても、それ以外の時間はずーっと寝たきりだと、なかなか回復していきません。生活の中で、以前の状態を取り戻すため、日常的に活動していくことでどんどん回復しました。

●家事もリハビリになる

私の闘病の様子がテレビで放映されたら、知らない方から「あなたは少し家事をするといい状態になりますよ」という手紙をいただきました。

確かに以前は、家事をする時間はまったくなかったのですが、それでも一人で夕食を食べたあとの食器は、すべて自分で洗って片付けていました。

Cさんも確かに家事はリハビリになると言っています。料理も掃除も洗濯物を干すのも畳むのも、言われてみればかなりの運動量ですから。

●餃子《ぎょうざ》パーティが目標

以前は、料理もほとんどしていなかったんですが、スタッフがひ孫のような若い子だけになって、私が料理をしないのは下手だからだ、なんて言われたのが悔しくて、この間もチャーハンを作ってみせたんです。「あ、おいしい。不思議！」なんて驚かれました（笑）。

今の目標は、全快祝いのパーティで、私が皮から作った餃子と、粉から打ったジャージャー麺《めん》を出すこと。

けれど、スタッフの一人が、「寂庵だより」にこんなことを書いていました。

〈センセイは自分で料理がうまいと思っていて、七十年前のことを今でも持ち出し、「餃子も皮から作ってたし、麺も打ってたのよ、北京では」と言う。でも今現在できるのは（今まで披露してくれたのは）、チャーハン（野菜を刻むのは私たちの役目、センセイは味付けのみ）・きゅうりのたたき（たたくだけ）・リンゴとセロリのサラダ（和《あ》えるだけ）です。でも他人が作ったものにはケチつける〉

これが読者に大うけしています。

以前の状態を取り戻したい、
その強い気持ちをもって、
日常生活から動いていきましょう。

その3　治ってもリハビリ

●続けることが大切

私にとってリハビリは、まず面白いからやれる、ということもありました。痛いとか、面倒くさいとか、こんなことしたくない、という気持ちが強いと続きません。

大庭みな子さんは脳梗塞《のうこうそく》で倒れたあと、リハビリをいやがっていました。大庭さんは優しいご主人がいらして、彼女のために何でもしてあげたから、甘えてわがままを通しそれで良かったのかもしれません。でも私には、車椅子を押してくれる男も、食事を作ってくれる男も今はいないので、とにかく自分のことを自分でできるよう、身体を元の状態に戻すようにがんばるしかありません。

椅子に座れるようになったら、そこでリハビリを止めてしまう人も多いらしいのですが、私は小説を書くために長時間机に向かいたいというのが目標だし、外歩きはまだ不安なので、もう少し続けていくつもりです。

訪問でのリハビリは終わっても、その後のために通所サービスでのリハビリがあるそうです。一人で運動をし続けるより、先生がいてくれた方が断然励みになります。

●外を歩けるようになりたい

長く座っていられるようになったら、次の目標は以前のように外を歩けるようになること。やはり普通の九十四歳より私は外出や遠出の活動の機会も多いので、それだけの体力、持久力が必要です。ぎりぎり限界でやっていると疲れが溜《た》まるので、できれば体力に余裕があるようにしたいです。

この間も徳島で親しい方の葬儀があったのですが、前は平気だった京都から徳島までの三時間の車移動が、とても無理で行けませんでした。東京へ行く新幹線も、以前はまったく平気だったのに、今はもうしんどい。病気の前から比べると活動量はずっと減っています。体力も弱ってしまい、できないことが増えました。新しく人と会うのもかなり大変になりました。春になって、外歩きのトレーニングを始めました。今は長く歩くと息切れがして続かない。闘病中は歩けなかったので、心肺機能が低下していて持久力がなくなっているんです。

歩くことで体力をつけ、身体を楽にすることが今の目標です。

●身体の弱いところを知る

Cさんに身体を診てもらうようになってわかったのですが、出家後まもなくの五十二歳の冬にクモ膜下出血を起こした時の後遺症で、身体の左側に軽い不全麻痺《まひ》があります。自分でも左側が弱いと感じていたのは、後遺症だったんです。今も左側が動きづらいです。

　そんなふうに身体に左右差があることは気づいていませんでした。それがわかったのも、リハビリのおかげですね。

●自分にあったリハビリを

　私のリハビリ風景をテレビで観《み》た人が、ずいぶん楽しそうだからやってみたいと言ってくれたそうです。でも、リハビリのメニューはそれぞれの身体にあったものでないと効果は出ないそうです。

　Cさんによると、私の身体はもともとかなりの筋肉量や身体能力があったので、今は六十代の人とトレーニングをしているようなイメージでいるそうですよ。九十四歳なのにね（笑）。

　人によって、病状も、骨格、体力もそれぞれ違うので、きちんとした理学療法士の先生に診てもらって、自分にあったリハビリをしてください。

歩けないという状態でも、人によってその程度の差があります。外出できなくても家の中なら歩ける人もいる。何かにつかまらなければ食卓やトイレに行けないという状態の人もいる。それぞれ、さまざまです。

私と同じに真似《まね》をしてもダメです。それだけは気をつけてください。

でも私が一生懸命トレーニングしている姿が、誰かの励みになっているなら、とてもうれしいことです。

リハビリを続ければ必ず元の状態に近づけます。あせらずにゆっくりと、できることから続けていくことが大切です。

日常生活で自分のことが自分でできるようになるまで、リハビリを続けます。

さあ、一緒にがんばりましょう。

病状も骨格も体力も人それぞれ。
自分にあったリハビリを続けましょう。

その4　肉親よりも友人

●愛する人たちと死に別れて

まさかこんなに長生きするとは思わず、九十四歳になってしまいました。長く生きるということは、愛する人と死に別れるということなんです。肉親も友人も愛した男たちもすべて、もうこの世にはいません。長生きするのは孤独なんです。

血のつながりのある肉親が大切と言われていますが、私みたいに長生きをすると、もう誰もいませんから、やはり同じように元気で長くつきあってきた友だちのありがたさ、大切さをしみじみ感じます。

東京女子大で一緒だった工藤恭子さんと塩見雅子さんと今まで仲良くできて

いるのはうれしいですね。二人は英語専攻で私は国語専攻なのに、不思議な縁でずっとつきあっています。工藤恭子さんとは大学の寮も一緒でした。

私が二十五歳で徳島の夫の元から出奔した時、二月の午前四時の寒い京都駅で、二人は震えながら私を待っていてくれました。私がどんなにみっともないことをしても、信じて守ってくれました。私は無一文で、着のみ着のままで家出をし、恭子さんの下宿に居候《いそうろう》させてもらって、下着から服から何から何まで貸してもらい、新しい人生を踏み出したのです。

振り返れば七十年の長いつきあいです。二人ともご主人に先立たれて、それぞれ人並みの苦労もされましたが、今は平穏で健康なのが何よりです。

●介護の大変さが身に沁みた

寝込んでいる時は、痛くて身動きできない。自分で顔も洗えない。トイレにも行けない。ベッドのそばにポータブルトイレを置いて誰もいない時にそこで用を足す。でもそのお掃除を誰かにしてもらわなければならない。寝たきりになるということのつらさが、身に沁みました。

私は困った時、病気になった時はいつも肉親ではなく、親しい友人やスタッフの人たちに助けてもらってきました。今度の自宅療養中には、若い二人のスタッフが交代で泊まり込んでくれました。本当に私は人に恵まれていると思いました。

彼女たちは私の闘病生活をできるだけ快適にしようと考えていろいろとしてくれたので、介護されている、という感じにはなりませんでしたが、実際の苦労はたいへんなものだったと思います。顔を洗えない時にも優しく拭《ふ》いてくれることはうれしかったし、本当に感謝しています。

みんなが長生きするから、介護が始まります。身内を介護している人は本当にたいへんだとわかりました。

最後の財産は、友。

その5　想像力が介護の柱

●思いやりは想像力

病気で動けなくなった時にしみじみわかったのは、思いやりの大切さということでした。思いやりというのは、結局、想像力のことなんです。想像力で相手のつらさを理解して、助けようとすることが大切なんですね。

想像力というのは、生まれた時から誰でも持っているはずなんです。けれどそれがどんどん育つ人と、だんだん失われていく人がいる。

どうやったら想像力が育つかといったら、本を読んだり、映画を見たり、芝居を見たり、音楽を聴く、絵画を見るなど創造的な文化に触れることが必要です。

なかでも本を読むことが一番いいんです。できれば小説が良いけれど、どんな本でもいいから読みましょう。そうすると想像力が育って、他人がどう感じているか、何を思っているかなどがわかってきます。変な顔をしているけれど、もしかしたらどこか痛いのかもしれないとか、そういうことを察してあげられるのが思いやりです。

私は八十八歳まではどこも痛くなかったんです。それでも法話にいらっしゃる方には腰や足が痛い人がたくさんいるから、「たいへんですね、おつらいでしょうね。お大事になさってください」と話していたんです。

でも、病気で動けなくなって初めて、私は他人《ひと》の痛みを本当にはわかっていなかった、私が想像していた痛みの何倍もつらかったのかと、気づきました。

自分が経験していない痛みや苦しみは、ほんとうにはわからないと、自分の想像力なんて知れているなとつくづく思い知らされました。

たくさん悩み苦しむほど、
想像力が育ちます。
想像力は愛情なのです。

その6 ボケると楽よ

●賢くても天才でもボケるんです

なんで私の頭がボケないのか、みなさんに聞かれますが、もしかしたらもう今ボケ始めているのかもしれないし、わからないですね。親しかった人の名前がなかなか思い出せないことはしょっちゅうだけど、朝ご飯を食べたかどうかわからなくなってはいないので、まだ大丈夫でしょうか。

頭がいいからボケない、賢いからボケないなんてことはないんです。

丹羽文雄さんは文壇で最も偉い作家だったのですが、ある年、雑誌の編集者が新年号に原稿をお願いしたら、去年と同じ内容だったんですって。去年と全く同じ原稿を書けるというのもすごいですけれど、あんな立派な方でもボケるのかと、あの時はとても驚いたものでした。それでも百歳まで生きられたんです。

それから岡本太郎さん。昔からとても親しくさせていただいていたのに、ある時食事をしようと会って、向かい合って座ったら、私の顔をじーっと見て泣きだしました。どうしたのかと聞いたら、「そんな頭になっちゃって……」と。もう出家して十年以上経《た》っていたのに、それを忘れてしまわれたようでした。あんな天才でもそうなるのかと、あの時はショックでしたね。

でもボケは仕方がない。努力しても気をつけてもボケる時はボケる。しかも本人はわからないんだし。昔はそんなにみんな長生きしなかったから、ボケる前に死んじゃっていましたけど、今はみんなが長生きだから。だけど、そのお世話をするご家族の苦労はたいへんなものです。私だってなるべくボケないで死んじゃいたいけれど、それはわかりません。覚悟するしかありません。

ボケることは覚悟して、
受け入れよう！

その7 祈りは人のために

●思いの込められたお守りは効く

友だちの工藤恭子さんは九十二歳の時に私のためにわざわざ山に登って、有名な神社で痛みが取れるというお守りをもらってきてくれました。それがありがたくて、腰の痛いところに置いて、痛みが出たらそのお守りでさすったんです。そうしたら本当に痛みがその時は治まりました。

すぐに電話をして、「恭子さん、あなたのお守りのおかげで痛みが取れた」なんて御礼を言ったら、「そんなの、気のせいでしょ」と笑っていたけれど、それからもずいぶんそのお守りでさすりました。

その他にも全国の方から病に効くお寺などのお守りを送っていただいたので、

工藤さんのお守りと一緒に袋に入れてベッドに置いています。今でもあります。痛むところをその袋でさすると、治まるような気がします。

やはり人のために願ってくれた祈りは効くんだなと思いました。

だいたい祈りというものは、自分のことを祈ったらダメなんです。例えば私の書いている小説がうまく書けますようにとか、ベストセラーになりますようにとか、そういうことは一切祈ったことはありません。それは取引になりますから。

お百度参りなんて自分のためにする人はいません。みんな誰か大事な人のためでしょう?

自分の利益に全くつながらない、自分以外の人の幸せを祈ると、仏さまに通じることがあると思います。

自分のことを忘れて、他人のために祈る、
他人の幸せのために行動する。
それが「忘己利他《もうこりた》」です。

その8　あの世はある

●あの世への極楽ツアー

ふとした時に、死んだ人のことを思い出すのは、やはりあの世があるからでしょう。あの世がなくて、死んだ人がどこにもいないなら、思い出さないんじゃないでしょうか。やっぱりあの世はあると思います。

死んだら三途《さんず》の川を渡し船で渡っていく、と昔は言いましたけれど、今は人が多いから渡し船なんかじゃ間に合わない。だから、みんなでフェリーに乗って「極楽ツアー」ですよ。

着いたら先に死んだ人たちがずらりと岸に並んで待っていてくれて、口々に「遅かったね」「よく来たね」なんて言ってくれて、夜は歓迎パーティです。そんなふうに想像したら楽しくなります。

●あの世からメールで

肉体が滅んでも、魂は残っていると私は考えます。

「死んだらどうなるんでしょうか」とよく聞かれます。「私はいろいろなことを経験してきたけれど、残念ながらまだ一度も死んだことがないから、あの世があるのかどうか、わからないんです」と答えるんです。「私が死ぬ頃にはもっと文明が発達して、あの世とこの世でメールなんかができるようになっているだろうから、死んであの世にいったら、あなたにメールでお知らせしてあげますよ」とも話しています。

でもまだ、あの世とこの世のメールはつながっていないわね？　だからまだ先なんじゃないかしら。

●愛した人を忘れない

あなたの愛する人が亡《な》くなると、その人は自分が愛していた、そして自分を愛してくれていたあなたのことを、あの世でずっと心配しているのです。ですから、気づいていないかも知れないけれど、必ずあなたのところへ来て、そばにいます。

たいていは肩のあたりで見守っていてくれます。私はもうこんな年まで生きて、たくさんの愛する人に死に別れてきましたので、私の肩のあたりには、かつて私を愛し、私に愛された人の魂がいっぱい乗っています。その人たちは、私がつらい時、苦しい時、ひそかに慰め、守ってくれているはずなんです。

これが長生きするということなんです。愛する人に死に別れることを繰り返し、その人たちに守られて生きるということなのです。

ですから、愛した人を忘れずに、思い出してあげることが大切です。それがなによりの供養《くよう》なのです。

あなたの愛した人は、
必ずあなたのそばにいます。
愛した人に守られていることを
感じましょう。

その9　年をとるのを恐れない

●定命《じょうみょう》が尽きるまで

若い頃は六十歳くらいまで生きたら十分だと思っていました。こんなに長く生きるとは思いませんでした。

私はこれまで忙しくて、年をとることなんて全く意識して来ませんでした。老いるのが怖いなんて思ったこともなかったんです。でも病気になって、否応《いやおう》なく年齢を思い知らされました。

今の私は毎朝、ふっと目覚めて、あ、今日も生きている、あと何回目覚めるんだろう、と寝床で考えます。これが老いというものです。

最近は身の上相談で、身体が思うように動かなくなり、人の助けがないと何もできなくなるなんて、生きていてもしょうがない、みんなに迷惑をかけないために自殺してはいけませんか？　という悩みを聞くことが多いんです。私も病気で身動きができなくなり、そのつらさは身をもってわかりました。けれど、私たちには一人一人、仏さまに与えられた「定命」があります。私たちはその定命が尽きるまで死ぬことができません。たとえ寝たきりになっても、ボケてしまっても、それまでは死ねないのです。いただいた命は大切にしましょう。

定命が尽きるまでは
死ぬことができません。
いただいた命は大切にしましょう。

その10 死ぬのは怖くない

●死の感覚

ガンの手術で全身麻酔をかけられた時、スーッと意識がなくなって素晴らしくいい気持ちになりました。手術が終わって意識が戻る時もなんの苦しみもなく、スーッと目覚めたんです。これが死ぬ時の感覚かな、と思えました。

「死というのはどういうものでしょうか」と作家の里見弴さんに訊《たず》ねたことがありますが、その時の答えは「死とは無だ」というものでした。

それを思い出して、全身麻酔の時の何もない感覚が「死」であるならば、それがわかったのはいい経験でした。

●私の理想の死に方

死ぬことへの恐怖はありません。それは、やはり出家したおかげでしょうか。最近、私の見る夢に出てくるのは、全部死んだ人なんです。死んだら彼らにあの世で会うことができるのは楽しみです。

いつ死んでも良いと思ってきましたが、病気になって、何もできないのはとてもつらいとわかりました。できるなら、ずっと小説を書いていたい。

以前の私の理想の死に方は、どこかの旅先で、バタンキューと倒れて、そのままぽっくり逝《い》くことだったんです。けれど病を得て、理想の死に方も変わりました。

最後の欲望が「書くこと」だとわかった今はペンを握ったまま死にたいのです。ある朝スタッフの子たちが私の部屋をのぞいて、「先生まだ書いているわ」と思って声を掛けないでいるけれど、実はペンを持ったまま原稿用紙の上にうつぶせで、そのまま死んでいる。それが私にとって一番望ましい最期《さいご》です。

ペンを持ったまま死にたい。
それが私の理想の最期です。

この作品は平成二十八年五月、新潮社より刊行された。

瀬戸内寂聴著

夏の終り

女流文学賞受賞

妻子ある男との生活に疲れ果て、年下の男との激しい愛欲にも充たされぬ女……女の業を新鮮な感覚と大胆な手法で描き出す連作5編。

瀬戸内寂聴著

女徳

多くの男の命がけの愛をうけて、奔放に美しい女体を燃やして生きた女――今は京都に静かに余生を送る智蓮尼の波瀾の生涯を描く。

瀬戸内寂聴
瀬戸内晴美著

わが性と生

私が天性好色で淫乱の気があれば出家は出来なかった――「生きた、愛した」自らの性の体験、見聞を扮飾せずユーモラスに語り合う。

瀬戸内寂聴著

手毬

寝ても覚めても良寛さまのことばかり……。雪深い越後の山里に師弟の契りを結んだ最晩年の良寛と若き貞心尼の魂の交歓を描く長編。

瀬戸内寂聴著

烈しい生と美しい死を

百年前、女性たちは恋と革命に輝いていた。そして潔く美しい死を選び取った。九十歳を越える著者から若い世代への熱いメッセージ。

瀬戸内寂聴著

爛

この躰《からだ》は、いつまで「女」がうずくのか――。八十歳を目前に親友が自殺した。人形作家の眸《ひとみ》は、愛欲に生きた彼女の人生を振り返る。

宇野千代著 おはん

野間文芸賞受賞　女流文学者賞受賞

妻と愛人、二人の女にひかれる男の情痴のあさましさを、美しい上方言葉の告白体で描き、幽艶な幻想世界を築いて絶賛を集めた代表作。

円地文子著 女坂

野間文芸賞受賞

夫のために妾を探す妻――明治時代に全てを犠牲にして家に殉じ、真実の愛を知ることもなかった悲しい女の一生と怨念を描く長編。

岡本かの子著 老妓抄

明治以来の文学史上、屈指の名編と称された表題作をはじめ、いのちの不思議な情熱を追究した著者の円熟期の名作9編を収録する。

岡本太郎著 青春ピカソ

20世紀の巨匠ピカソに、日本を代表する天才岡本太郎が挑む！　その創作の本質について熱い愛を込めてピカソに迫る、戦う芸術論。

志賀直哉著 小僧の神様・城の崎にて

円熟期の作品から厳選された短編集。交通事故の予後療養に赴いた折の実際の出来事を清澄な目で凝視した「城の崎にて」等18編。

丸谷才一著 笹まくら

徴兵を忌避して逃避の旅を続ける男の戦時中の内面と、二十年後の表面的安定の裏のよるべない日常にさす暗影――戦争の意味を問う。

曽野綾子著

心に迫るパウロの言葉

生涯をキリスト教の伝道に捧げたパウロの言葉は、二千年を経てますます新鮮に我々の胸を打つ。光り輝くパウロの言葉を平易に説く。

有吉佐和子著

紀ノ川

小さな流れを呑みこんで大きな川となる紀ノ川に託して、明治・大正・昭和の三代にわたる女の系譜を、和歌山の素封家を舞台に辿る。

有吉佐和子著

華岡青洲の妻

女流文学賞受賞

世界最初の麻酔による外科手術——人体実験に進んで身を捧げる嫁姑のすさまじい愛の葛藤……江戸時代の世界的外科医の生涯を描く。

有吉佐和子著

複合汚染

多数の毒性物質の複合による人体への影響は現代科学でも解明できない。丹念な取材によって危機を訴え、読者を震駭させた問題の書。

三浦綾子著

塩狩峠

大勢の乗客の命を救うため、雪の塩狩峠で自らの命を犠牲にした若き鉄道員の愛と信仰に貫かれた生涯を描き、人間存在の意味を問う。

三浦綾子著

泥流地帯

大正十五年五月、十勝岳大噴火。家も学校も恋も夢も、泥流が一気に押し流す。懸命に生きる兄弟を通して人生の試練とは何かを問う。

江國香織著
きらきらひかる
二人は全てを許し合って結婚した、筈だった……。妻はアル中、夫はホモ。セックスレスの奇妙な新婚夫婦を軸に描く、素敵な愛の物語。

江國香織著
つめたいよるに
愛犬の死の翌日、一人の少年と巡り合った女の子の不思議な一日を描く「デューク」、デビュー作「桃子」など、21編を収録した短編集。

江國香織著
流しのしたの骨
夜の散歩が習慣の19歳の私と、タイプの違う二人の姉、小さな弟、家族想いの両親。少し奇妙な家族の半年を描く、静かで心地よい物語。

川上弘美著
センセイの鞄
谷崎潤一郎賞受賞
独り暮らしのツキコさんと年の離れたセンセイの、あわあわと、色濃く流れる日々。あらゆる世代の共感を呼んだ川上文学の代表作。

川上弘美著
古道具 中野商店
てのひらのぬくみを宿すなつかしい品々。小さな古道具店を舞台に、年の離れた4人のもどかしい恋と幸福な日常をえがく傑作長編。

川上弘美著
なめらかで熱くて甘苦しくて
それは人生をひととき華やがせ不意に消える。わきたつ生命と戯れながら、恋をし、産み、老いていく女たちの愛すべき人生の物語。

林真理子著 **花探し**

男に磨き上げられた愛人のプロ・舞衣子が求める新しい「男」とは。一流レストラン、秘密の館、ホテルで繰り広げられる官能と欲望の宴。

林真理子著 **アッコちゃんの時代**

若さと美貌で、金持ちや有名人を次々に虜にし、伝説となった女。日本が最も華やかだった時代を背景に展開する煌びやかな恋愛小説。

林真理子著 **愉楽にて**

家柄、資産、知性。すべてに恵まれた上流階級の男たちの、優雅にして淫蕩な恋愛遊戯の果ては。美しくスキャンダラスな傑作長編。

山田詠美著 **ぼくは勉強ができない**

勉強よりも、もっと素敵で大切なことがあると思うんだ。退屈な大人になんてなりたくない。17歳の秀美くんが元気潑剌な高校生小説。

山田詠美著 **アニマル・ロジック**
泉鏡花賞受賞

黒い肌の美しき野獣、ヤスミン。人間動物園、マンハッタンに棲息中。信じるものは、五感のせつなさ……。物語の奔流、一千枚の愉悦。

山田詠美著 **学問**

高度成長期の海辺の街で、4人の子供が放つ生と性の輝き。かけがえのない時間をこの上なく官能的な言葉で紡ぐ、渾身の長編小説。

平野啓一郎著
葬送
第一部（上・下）

ロマン主義全盛十九世紀中葉のパリ社交界を舞台に繰り広げられる愛憎劇。ドラクロワとショパンの交流を軸に芸術の時代を描く巨編。

平野啓一郎著
顔のない裸体たち

昼は平凡な女教師、顔のない〈吉田希美子〉の裸体の氾濫は投稿サイトの話題を独占した……ネット社会の罠をリアルに描く衝撃作！

平野啓一郎著
日蝕・一月物語
芥川賞受賞

崩れゆく中世世界を貫く異界の光。著者23歳の衝撃処女作と、青年詩人と運命の女の聖悲劇。文学の新時代を拓いた2編を一冊に！

水上　勉著
雁の寺・越前竹人形
直木賞受賞

少年僧の孤独と凄惨な情念のたぎりを描いて、直木賞に輝く「雁の寺」、哀しみを全身に秘めた独特の女性像をうちたてた「越前竹人形」。

水上　勉著
櫻　守

桜を守り、桜を育てることに情熱を傾けつくした一庭師の真情を、滅びゆく自然への哀惜の念と共に描いた表題作と「凩」を収録する。

水上　勉著
土を喰う日々

京都の禅寺で小僧をしていた頃に習いおぼえた精進料理の数々を、著者自ら包丁を持ち、つくってみせた異色のクッキング・ブック。

桐野夏生著
ジオラマ
あたりまえのように思えた日常は、一瞬で、あっけなく崩壊する。あなたの心も、変わってゆく。ゆれ動く世界に捧げられた短編集。

桐野夏生著
ナニカアル
島清恋愛文学賞・読売文学賞受賞
「どこにも楽園なんてないんだ」。戦争が愛人との関係を歪めてゆく。林芙美子が熱帯で覗き込んだ恋の闇。桐野夏生の新たな代表作。

桐野夏生著
抱く女
一九七二年、東京。大学生・直子は、親しき者の死、狂おしい恋にその胸を焦がす。現代の混沌を生きる女性に贈る、永遠の青春小説。

林芙美子著
放浪記
貧困にあえぎながらも、向上心を失わず強く生きる一人の女性――日記風に書きとめた雑記帳をもとに構成した、著者の若き日の自伝。

森茉莉著
私の美の世界
美への鋭敏な本能をもち、食・衣・住のささやかな手がかりから〈私の美の世界〉を見出す著者が人生の楽しみを語るエッセイ集。

村田喜代子著
エリザベスの友達
97歳の初音さんは、娘の顔もわからない。記憶は零れ、魂は天津租界で過ごしたまばゆい日々の中へ。人生の終焉を優しく照らす物語。

澤地久枝著
琉球布紀行
琉球の布と作り手たちの生命の物語。沖縄に住んだ著者が、琉球の布に惹かれて訪ね歩いて知った、幾世代もの人生と多彩な布の魅力。

森下典子著
日日是好日
―「お茶」が教えてくれた15のしあわせ―
五感で季節を味わう喜び、いま自分が生きている満足感、人生の時間の奥深さ……。「お茶」に出会って知った、発見と感動の体験記。

白洲正子著
日本のたくみ
歴史と伝統に培われ、真に美しいものを目指して打ち込む人々。扇、染織、陶器から現代彫刻まで、様々な日本のたくみを紹介する。

津村節子著
時の名残り
夫・吉村昭との懐かしき日々、そして、今もふと甦る夫の面影――来し方に想いを馳せ、人生の哀歓をあたたかく綴る、珠玉の随筆集。

末盛千枝子著
「私」を受け容れて生きる
―父と母の娘―
それでも、人生は生きるに値する。美智子様のご講演録『橋をかける』の編集者が自身の波乱に満ちた半生を綴る、しなやかな自叙伝。

津野海太郎著
最後の読書
読売文学賞受賞
目はよわり、記憶はおとろえ、蔵書は家を圧迫する。でも実は、老人読書はこんなに楽しい！　稀代の読書人が軽やかに綴る現状報告。

三島由紀夫著　鏡子の家

名門の令嬢である鏡子の家に集まってくる四人の青年たちが描く生の軌跡を、朝鮮戦争直後の頽廃した時代相のなかに浮彫りにする。

三島由紀夫著　音楽

愛する男との性交渉にオルガスムス＝音楽をきくことのできぬ美貌の女性の過去を探る精神分析医——人間心理の奥底を突く長編小説。

三島由紀夫著　午後の曳航《えいこう》

船乗り竜二の逞しい肉体と精神は登の憧れだった。だが母との愛が竜二を平凡な男に変えた。早熟な少年の眼で日常生活の醜悪を描く。

三島由紀夫著　獣の戯れ

放心の微笑をたたえて妻と青年の情事を見つめる夫。死によって愛の共同体を作り上げるためにその夫を殺す青年——愛と死の相姦劇。

三島由紀夫著　春の雪（豊饒の海・第一巻）

大正の貴族社会を舞台に、侯爵家の若き嫡子と美貌の伯爵家令嬢のついに結ばれることのない悲劇的な恋を、優雅絢爛たる筆に描く。

三島由紀夫著　鹿鳴館

明治19年の天長節に鹿鳴館で催された大夜会を舞台として、恋と政治の渦の中に乱舞する四人の男女の悲劇の運命を描く表題作等４編。

老《お》いも病《やまい》も受《う》け入《い》れよう

新潮文庫　せ－２－45

令和四年一月一日発行

著者　瀬《せ》戸《と》内《うち》寂《じゃく》聴《ちょう》

発行者　佐藤隆信

発行所　株式会社新潮社

郵便番号　一六二―八七一一
東京都新宿区矢来町七一
電話　編集部(〇三)三二六六―五四四〇
　　　読者係(〇三)三二六六―五一一一
https://www.shinchosha.co.jp

価格はカバーに表示してあります。

乱丁・落丁本は、ご面倒ですが小社読者係宛ご送付ください。送料小社負担にてお取替えいたします。

印刷・錦明印刷株式会社　製本・錦明印刷株式会社

ISBN978-4-10-114445-0 C0195